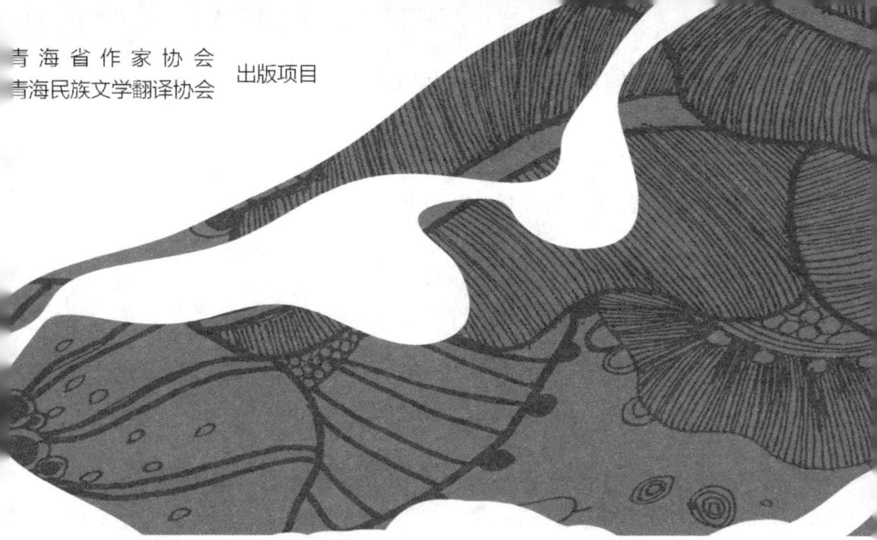

青海省作家协会
青海民族文学翻译协会　出版项目

分册主编　马海轶

青海世居民族
经典记录丛书　**汉族卷**

大地与阳光

青海人民出版社

图书在版编目（CIP）数据

大地与阳光 / 马海铁主编. -- 西宁：青海人民出版社，2019.11

（青海世居民族经典记录丛书 / 梅卓，樊原成，马非主编）

ISBN 978-7-225-05897-9

Ⅰ. ①大… Ⅱ. ①马… Ⅲ. ①散文集－中国－当代 Ⅳ. ① I267

中国版本图书馆 CIP 数据核字（2019）第 248989 号

青海世居民族经典记录丛书

梅卓　樊原成　马非　主编

大地与阳光

马海铁　主编

出 版 人　樊原成

出版发行　青海人民出版社有限责任公司

西宁市五四西路 71 号　邮政编码：810023　电话：（0971）6143426（总编室）

发行热线　（0971）6143516 / 6137730

网　　址　http://www.qhrmcbs.com

印　　刷　陕西龙山海天艺术印务有限公司

经　　销　新华书店

开　　本　787 mm × 1092 mm 1/32

印　　张　8.125

字　　数　100 千

版　　次　2019 年 12 月第 1 版　2019 年 12 月第 1 次印刷

书　　号　ISBN 978-7-225-05897-9

定　　价　32.00 元

王海燕

河湟物语

王海燕，青海省海东市互助县人，生于20世纪50年代末。青海省作家协会会员、海东市作协副主席，《海东时报》原副总编辑。曾创办县级文学期刊《彩虹》，编辑出版《彩虹的故乡》《土族百年实录》《风舞河湟》等多种图书。创作诗歌、散文逾百万字，有诗文见诸报刊，或收入专辑。《山后柳》（散文）获《青海日报》“新声”文学奖（1982年）；《小镇不再遥远》（散文）获《光明日报》“改革开放20年”征文优秀奖（1998年）；《在抗击“非典”的日日夜夜》（报告文学）获中宣部优秀作品二等奖（2004年）；《寂寞碑林》（散文）获“中国梦·青海故事”征文优秀作品奖（2016年）。著有词集《湟柳集》。

河湟物语

燃烧的青稞

云雀，成千上万只悬吊的金铃铎，忽高忽低，忽缓忽疾，摇响在钴蓝色的天空中。

此刻，在祁连山南麓，一波一波的青稞簇拥着秋天。亿万根麦芒闪着耀眼的金光，随风摇晃。随眼望去，那光线相互摩挲、交织、融合，变幻万千，使人感到微醺的眩晕。大约这就是醉秋的一种。

如果把视角从这宏大的场景收窄一些，聚焦大墩岭上，我们村那一块袜样儿地，一幅收获青稞的画面就渐次清晰起来——

这是一个农历中秋时节。昨夜的月光还仿佛逗留在山野万物之上。一片微薄的清霜，使这一垄青稞披上了一袭银白的轻纱，显得玲珑而又凝重。

拂晓，炊烟裹着山坳里的村落，启明星尚在由墨蓝色转紫红色的东方天际闪亮，几只哨鸽飞过村庄，朝远山飞去。我裹着蓝头巾和身着碎花夹袄的母亲以及同村众多的割田人已陆续集结在袜样儿地头。

这时，日头儿即将露脸，山鸟和秋虫的鸣叫声渐渐稠了起来。温和的光线从朝霞的缝隙中射出来，最先落在收割者的镰刀上，金红的光斑在镰刃的哧哧声中明明灭灭，撒落一地。低头沉思的青稞们也被惊醒了，发出一阵阵骨节扭动、伸展的咔咔声……

朝暾一曜，青稞叶上、针芒上的青霜变成了无数露珠，像无数星子组成的宇宙，浩瀚无垠。青稞的宇宙将袜样儿地以至周边映照得晶莹温润，一层氤氲的雾气飘浮在青稞和割田人的四周，春花的激情，夏阳的焦灼，以及秋熟的骚动和冬日酒酷的醇香，各种意味在心头萦绕、发酵。这时候，不是割田人收获青稞，而是青稞俘获了追到地头的人们。

待艳阳高照，露水晾干，收割的阵势拉开了。那沙沙沙的声响，单纯却受听，急躁却流畅，散乱却一律，那是一曲秋天的交响曲，是一场与觊觎山后的早雪的争夺战。

> 5

袜样儿地，酷似一只铺在坡地上的高腰袜子。村里的田地都有很亲昵乃至土俗的名字。我母亲一口气就能叫上许多，比如袜样儿、佛手儿、马鞍子、褡裢头、鸡嗉子、羊肚儿、罗汉背、张家坟滩……

现在，这只二十多亩宽窄的袜样儿地里长满了青稞。

现在，一线长蛇阵自东向西深入推进。手脚麻利的人，不到晌午，已经在身后撂倒了六七十个捆子，一同挥镰的同伴被远远落在了后面。

坐在塄坎上、捆子上一会儿望天、一会儿拭镰的磨镰人也是忙得手足无措。一罐水，一块泛着青光的磨石，将一把把镰刀磨得铮亮、飞快，足可削铁如泥。

我母亲是割田快手。这已是第三回磨镰了。母亲站在磨镰人前，左手扶着腰，右手把一缕因汗水粘在脸颊上的头发捋到耳后，望着达坂山上一堆一堆棉花般的云团，问磨镰人，今儿不会来过雨吧？

磨镰人抬头望望云彩，抓起一把草叶试了试风向，说吹的是西风，云往东移，不会有大过雨。云往东，一场空。

吃过了晌午饭，两碗麦茶，一个青稞面油花——搽了清油香豆的一种馍馍，外带一两个焪洋芋，说笑间，抹抹嘴，青稞田里的午餐就结束了。再往手心里吐一口唾沫，握紧汗浸透了的乌黑发亮的镰把“冲锋陷阵”，后晌的“战斗”又打响了。

一团团云从头顶上飘过，天空越加高蓝，阳光越加热烈，云雀的铃铛声稀稀疏疏隐去，而秋蝉的和弦声密密匝匝涌来……如磨镰人说的，这天没来过雨，是割田难得的好日子。

村里祖辈将秋收叫收黄田，这蕴涵着格外庄严和神圣的意味，所谓田黄一时，龙口夺食，责任重于泰山。若不及时收粮归仓，一旦遭遇冰雹或狂风暴雨，一年的辛苦、一年的祈盼就全泡汤了，来年的日子就会生出许多亏空。故开镰前，家家户户都要举行传统的祭镰仪式。走油锅，炸大水油饼，最好能打上两三斤青稞酒，杀一只鸡，闹腾一番，祈愿天时和顺，以壮割田人行色。

临近薄暮的时候，袜样儿地里的青稞只剩足尖上那一块了，收割后的袜样儿地露出褐黄的土地，一些野草野花露出了身影。散落在地的牵牛花,削了头的马刺杆（大蓟），还有满地的灰条菜以及播种或拔草时遗落在地里的向日葵……一些动物也暴露了它们的家园，如云雀养育过雀儿娃娃的拳头大小的空巢，四散逃命的老鼠、在洞口惊慌观望的地狗子、还有许许多多形色各异叫不上名的惶惶不安的虫儿们……

这一天，在祁连山南麓收获青稞的大叙事中，袜样儿地里发生的事情仅仅是一支小插曲或一个小细节。

明亮的秋阳下，镰刀一闪一闪，埋在青稞里、汗水一遍遍洗过的脸颊红润。一束束割倒的青稞犹如一束束捕获的阳光，捆扎在一起，作为战利品，给收割者心中注入一缕缕收获的喜悦。

收获是艰辛的，需要巨大的韧性和耐力。但不知谁的一句：腰疼着断哩，恨不得变成个山雀儿，噗噜噜一声了飞掉……顿时爆出满地笑声。有人回道：变成个老鼠了洞里栽着，看腰还疼里嘛不疼……这时，一阵风掠过青稞地，呼啦啦，青稞们仿佛也忍不住开怀大笑，从西头笑到东头，许久直不起腰。

有关爱情的喜剧也在青稞地里秘密上演，人们心知肚明，但不言语。前庄年轻的寡妇和后庄的小伙子每次割田都在一块。寡妇不会打捆子结，小伙子教她。一会儿，寡妇脸倏地红了，偷偷瞅瞅四下，从口袋里摸出一颗焦糖，塞进小伙子手里，然后俯身挥镰，一片金黄的青稞扑进她心潮涌动的怀里……原来打捆子结时，小伙子的胳膊肘有意碰到了她的胸脯。

这一天，连我母亲在内的十几个割田人在这片土地上收割了一千多个青稞捆子，因为天年好，能收获五六千斤青稞。

这一天，我母亲割了一百多个捆子，手心里的血疔痂又厚了一层。她把一束束割倒的青稞搂在怀里，一次次直起酸痛的腰身，青稞穗头上的阳光和她满脸的汗珠相互映照，紫黑的青稞与紫红的脸庞相互映照，直至合二为一。不知道是母亲赋予了青稞性格，还是青稞回馈了母亲骨血。

一个细节。母亲每割到一定数量的青稞，总要把脚下周围散落的穗头仔细捡起，裹进捆子，然后用事先打好的秸秆“腰子”精心捆扎好。

一次次背负青天，面朝大地，一滴滴汗珠砸向镰刃，顺着秸秆渗入黄土，这是对粮食的膜拜和敬畏，也是对自己灵魂的救赎与释放。

实际上，我差点忘了一个真正感人的细节。那个秋日在祩样儿青稞地里，那位割田的年轻母亲生下了一个女婴。真就这么巧。后来，姑娘长大了，但她的小名仍叫“祩样儿”。后来，“祩样儿”远走高飞了，再也没来过祩样儿地，但祩样儿地的青稞永远融进了她的生命。

据传，一位圣人诞生于伯利恒的马厩，而“祩样儿”

就诞生在一块叫袜样儿的青稞地里，青稞听见了她的第一声啼哭，并且把最初的阳光撒播在她的身上……

看着烧红了西天的云彩，磨镰人说，明儿又是个好天气！明儿去哪里？

领头的说，明天天气好的话，可以去远一点的田地，就到大沟脑罗汉背，那块地里的青稞早黄透了。

这时，人们将捆子坐北朝南整整齐齐排成一排排“人”字形的队列，像一支队伍集结在袜样儿地里。看着这支很有气势的队伍，心里都在暗自祈祷，最好往后的雨不要下在秋甲子上。雨下秋甲子，要连下七七四十九天，青稞就会出芽，不但影响收成，还只能吃粘牙的芽面饼了。

不知从什么时候起，祁连山阳的人们与青稞结下了延绵不断的血亲。青稞的脾气在血脉里流淌，青稞的坚韧在骨骼里生长，青稞的火焰在性情中燃烧，青稞的灵魂在酒碗里流转……

至今，一些上了年岁的人还会常常说一句口头禅自嘲：“我们这些炒面头。”意思是吃炒面长大的，说话时满嘴炒面渣子，有些原生态，格局不大。炒面，即青稞炒面，藏语叫糌粑，这种以青稞为食材的食物，很有原始遗风，用手在木碗里拌食，可捏成籴儿分享。

更久远的年代里，来往于祁连山周围的匈奴、鲜卑、吐蕃、吐谷浑、蒙古等游牧民族都与青稞结缘共生。缘由是青稞原本就是高寒地带的土著物种，不像小麦、蚕豆、洋芋从远方嫁来，逐渐成为新贵。也许那时候，远征的将士皮囊里就装着青稞炒面、麻麦（炒熟的青稞）、酥油、肉干，甚至青稞酩馏酒。

我还记得庄子里一户土族人家的老人，是酿造酩馏酒的高手，唯他亲手操持酿出的青稞酒，醇正厚实，回味无穷，饮后欲展翅飞翔，拔蹄撒欢。

老人每年腊月帮隔壁邻舍，甚至外庄的人家酿酒。新酒第一碗，总献给酒神，然后邀约几位相好至交，划拳饮酒。酒酣，唱《一个尕老汉幺幺》，也唱《祁家延西》。祁家延西，是古代一位土族英雄，老年挂帅出征应敌，保家卫国。老人说，祁家延西出征前、获胜后，壮威、庆贺，喝的就是青稞酩馏酒。

青稞穿越漫长岁月，走到今天，风雨磨洗，紫外线浸染，最纯正的一族即瓦蓝青稞。这是诗人起的名字，由于其肤色偏黑，庄子上人们一直叫它黑青稞。它就像祁连山下的人们有着阳光的肤色，有着不畏风雪的皮实，有着挺立高地的矫健。

青稞的随性和坚韧随处可见，钻在被废弃的牛车木轮缝隙的青稞，有一年竟发芽结穗了；无意被砌进土墙的青稞，数十年后遇到阳光雨露，芽苗从墙皮里顽强地钻了出来……

在我们村子里，青黄不接的年景，一碗青稞麦索儿驱赶了饥荒的阴影，而一口袋青稞换来过一个新媳妇……

兴隆年景，村里用传统手艺烧制的青稞酩馏酒又香飘满巷。那种味道，曾经在草原的帐篷里飘拂过，在商旅的驿馆里飘拂过……飘过秦时明月汉时关，一直飘到今天。

这一切，都源于青稞。

再回到袜样儿地。我母亲和割田人正要离开这里。他们回头望了望，背景是肃穆的达坂山，峰顶的白雪仿佛镀了一层紫铜。一排排收拢的青稞恍惚在夕阳下燃烧，那是一派金红色的火焰，在黄土地上熊熊燃烧，如希望在血管里燃烧不灭。

青稞，就那样一直燃烧，在绝望或欢欣的日子里，在贫瘠或丰饶的岁月里……

河湟诗人杨廷成的诗歌《高处的青稞》我多次引用过，但这里还想引用几句作为结束语，那是这一方青稞的礼赞，这一方水土的颂辞，这一方人的青铜雕像——

九月，金黄金黄的阳光下
青稞的子孙们站在高高的山塬上
被浓醇如酒浆的秋风熏醉
它们尽情歌唱与舞蹈着
欢呼于河湟谷地丰收的季节……

油菜花黄者耀眼哩

油菜花黄者耀眼哩，
胡麻花打蓝伞哩。

——青海“花儿”

不知何故，那些紫蓝紫蓝的胡麻花，蓝星星般的胡麻花，一夜之间从湟水那边的田野上消失了。据说，胡麻源自西域，莫非她们打着小小蓝伞又回了故乡？

而时下，六七月间，金黄金黄的油菜花唱了主角。

即是淫雨霏霏，雾霾蔽日，油菜花像一片一片湿漉漉的阳光，滋润暖和着你的眼你的心；若夫云开日出，虹影乍现，那氤氲的黄就耀你的眼耀你的心，使你无处躲藏，整个儿就溶浸在那金黄里了。其中的绿色似乎在溃退，金黄的浪潮正从山坳沟豁席卷而来，荡起一地阳光。

如果凡·高在，泼洒一幅《群蜂飞过油菜花地》的印象画，那狂野深沉的气韵一定不亚于《乌鸦飞过麦地》。

油菜花开了。人们的心花儿开了。这个季节人和大自然都陶醉在金黄的氛围里了。风醉着，悠悠荡荡，染着油菜花香，在村子里转悠，在远处的小镇上转悠，把微带蜜意的清香送进每个人的心房。然后爬上树梢，爬上山巅，把那蜜意传递给云彩。云动情了，便淅淅沥沥地洒落一地饱含蜜意的雨滴……

这个时节，忙坏了的还有蜜蜂。来自远方的放蜂人不知什么时候，早早把一顶白色帐篷扎在“黄金海岸”上，四周摆满蜂箱，蜜蜂唱着甜蜜的夏天。远眺，那帐篷像帆，蜂箱如船，停泊在金涛碧浪间，捕捞夏季花香，捕捞蜜一样的梦想。

唯有大地的大手笔能够著就如此朴素、如此壮美、如此迷人的诗篇。“云想衣裳花想容”。大地什么都没想，披着自然的衣裳，静伏在蓝天白云下轻轻地呼吸，就有微风吹拂，掠过油菜花地，掠过麦地，吹皱一匹锦缎，微波荡漾，在阳光下变换着或明或暗的色调，一曲蚀骨溶血的大自然的箫音隐隐而来，隐隐而逝……

走向油菜花地，初是油漉漉的嫩黄润人眼睛，沁人肺腑，再是缕缕幽风暗香扑上鼻端进入胸中，后是承接阳光的亿万朵笑脸，直笑得金波荡漾……原来，是那一瓣瓣小小的花瓣笑成了一垄垄温暖的阳光，满山满洼地流泻。

油菜花地成了蜜蜂、蝴蝶、蜘蛛、蚊子及云雀和田鼠们的迪士尼乐园。两只白菜蝶在花瓣上交尾，一只“新媳妇儿”（一种背部有黑色斑纹的红色甲虫）正顺着花枝，在闪闪烁烁的阳光里徐徐攀升。枝头，一只蜜蜂深入花蕊，嗡嗡地忙着采蜜，翅羽震飞金色花粉……

此刻，你会听到一部由多声部组成的合唱在油菜花地上演，这部合唱由蜜蜂演出队主唱。云雀在半天里摇着脆生生的铃铎，还有许多不知名的虫儿在一边伴奏。这是一部浪漫的田园奏鸣曲，金色是基调，和谐是主旋律，指挥是神秘的大自然。

那一朵泊在油菜地上空的云，怕是被这歌声陶醉了，不想挪动半步。如果此刻仰卧在油菜花下，花瓣过滤后的阳光清醇醉人，蜂之舞曲欢快而又浑厚，你就像头顶那朵云醉得一动也不想动，直到花粉如金箔洒满脸庞和全身，像海洋里一尾沉湎的鱼。

远处，几个拔草的村女幽怨的“花儿”成了蜜蜂合唱的背景音乐。男人们去远方打工了，望着漫山遍野怒放的花儿，独守空房的女人们心里空空的、痒痒的。她们是想男人了，牵扯里藏着怨悔：

白布的凉圈儿往后戴，
恐怕是晴天里雨来；
我那个阿哥好口才，
半年里没斗个嘴来！

“花儿”穿行在油菜花地里，穿行在蜜蜂的合唱里，穿行在大墩岭上那个挡羊娃的心里……

时间过了半月，油菜花地边的“采金船”已有了收获。那两个养蜂人是来自四川的两口儿，每年夏天都可见到他们蜜蜂一样忙碌的身影。这里，他们学会了揪面片，学会了唱“花儿”，还生了一对儿女，日子清苦但甜蜜，生活繁重但轻灵。他们的帐篷里藏满了蜂蜜、蜂浆、蜂蜡和橙黄的花粉，就是梦也定是蜂儿舞蜜儿甜，尽管时常风雨不测。

偶尔有路过者，顺便买一罐蜜，用舌尖舔舔，透心甜，啧啧连声地离去。也有爱美的尕媳妇拿俩鸡蛋换一点蜜，做抹脸的油膏。

有了油菜花的慷慨，有了蜜蜂的辛勤，有了养蜂人的不辞风雨千里追花的韧劲，我们忙碌的日子里就有了一丝丝蜜意。

养蜂人晚炊的火炉生起来了，一缕青烟飘过夕阳下的油菜花地，呼应着远处村庄里氤氲的炊烟。回巢的蜜蜂四处飞舞，男人在紧张地取蜜，面罩上落满了亲昵的蜜蜂；女人一边洗菜，一边哼着一支青海“花儿”，凄清不失诙谐：

搭起个凉棚四下里看，
菜花儿罩黄着哩；
想见个尕妹九峡里转，
还说是套狼着哩……

倾听洋芋的絮语

黑夜给了我黑色的眼睛

我却用它寻找光明

——顾城

夜里，我好像听到洋芋长芽的声音了。早晨，母亲下炕时喃喃地说。

这时，房里还黑黝黝的，只是窗户上透着一汪蛋清般的曙色，映出母亲的剪影。

院子里那棵古柏上的雀儿唱着老掉牙的歌谣，还在我的晨梦里缭绕，我仿佛看见雀儿描着白眼圈的小眼睛里总透着那么一丝饥荒和卑怯。我和雀儿一起翻飞啼叫，四处觅食，一缕再亲切不过的味儿钻进我的鼻孔。那是熟悉的洋芋焦香的味道，一个村庄的味道。

每天早晨，母亲下炕后的第一件事情几乎就是焐洋芋，为全家准备早饭。随着风箱的啪嗒啪嗒声，炊烟升起，在村庄上空缠绕、弥漫，形成一个村庄的气场。洋芋的焦香就会灌满你的鼻子，灌满你的胸腔。一种难言的快感在周身荡漾，生命无穷的喜悦和岁月流逝的感伤，一起涌上心头。

我还在梦里和雀儿觅食。我看见那些活蹦乱跳的洋芋褪尽衣裳，露出白嫩飘香的肌肤……这是早年农历五月的一个清晨。

一场夜雨把村庄洗得清澈。丁香暗送着紫蓝的幽香，院子里一畦子翠绿的韭菜挑着无数颗晶莹剔透的“水晶”，在朝阳里灿烂不已。嘎嘎、嘎嘎，柏树上飞来几只喜鹊，雀儿倏地飞散了。

阳光从东墙上射过来，汪在院子里，慢慢溢上台沿。一家人围着一脸盆洋芋，热气蒸腾，在房檐下吃。有些像油画《吃土豆的人》的情景，不过，不是在昏暗的油灯下，而在清新的晨光里，还有那只老母鸡和她的一窝新雏，叽叽喳喳抢食掉在地上的洋芋渣儿。

这时，母亲又说，娃娃，吃饱了下窖里瞅瞅，昨晚夕我听见洋芋发芽的声音了。母亲还年轻，劳作的双手有些粗糙，涂着猪胰子和雀儿屎特制的油膏。她黑色的眼睛里藏着许许多多心思。祈盼、无奈、快乐、悲戚……

有时，我觉得母亲就是洋芋的化身。洋芋块茎在泥土的黑暗里睁开眼睛，拼命够着地面，够着地面上温热的阳光。然后撑起一片绿。秋霜里，块茎消耗殆尽，化为泥土，枝秧枯萎。她将一生的所有无私奉献给了子女们，那一窝争先恐后挣断脐带，来到人间的新生洋芋，在秋阳里睁开新奇的眼睛，开始又一轮回的风雨人生。

不知是母亲，还是洋芋，或许是母亲和洋芋共同养育了我们，使这个家庭度过了最艰难的岁月。至今，我的身体和语言里还散发着浓浓的洋芋味道。

我吃了最后一个洋芋，有些涩，就将剩下的半个扔给了猪圈门口嗷嗷要食的猪娃，然后下窖看洋芋。点着煤油灯一看，几乎所有洋芋的深眼窝里都生出了嫩白的芽蕾，像白色的瞳仁望着我、油灯和窖口的光亮。它们休眠了一冬一春之后，在黑暗阴湿的地窖里苏醒了，睁开眼睛，渴望生命的爆发。

母亲站在窖口上问道，是长芽了吧？我说，长了一点点，还不够掰的。

几天后，芽子稍长些时，母亲下窖把芽子全摘了。也有疏漏了的。

在以后的日子里，在黑暗的地窖里，那些漏网的洋芋开始了艰苦卓绝的生命之旅。它们嫩白的芽蕾渐渐发育成褐黄的细细的茎干，附着窖壁，奋力向上攀升。但它们都十分孱弱，攀爬到一定高度后又颓然仆地。然后，它们又相互携手，缠绕着，纠结在一起，同心协力向上攀援，朝着窖口闪烁的星光和微弱的阳光死死攀援。

历经两个多月时间，它们中间的极少数幸运者终于攀爬到了窖口，穿过那光明的缝隙，在蓝天下伸展几片嫩绿的叶子，像感恩的小手，承接几滴雨水、几缕阳光……

秋后，当新洋芋下窖时，我惊奇地发现，从地窖深处攀援而上的茎干上有一些萎黄的叶片，而它们浮在地面的根须上结了一串串肌肤几乎透明的小生命，大如雀儿蛋，小如蚕豆。

从那时起，我像母亲一样仿佛能听到洋芋亲切的声音。它们的声音发自肺腑。它们会哭会笑。它们成为村民生命的一部分。

我总会记起美国作家迈克尔·波仑在《植物的欲望》中写洋芋的那一段深情的话语——

没有两个马铃薯是相似的。绝大部分马铃薯都生得奇形怪状。它们的形状严格地由它们的遗传信息所决定……在手中感觉到光明的马铃薯就像是被赋予了肉身。

在风暴蹂躏过、霜雪摧残过的土地襁褓里，洋芋的孩子在黑暗中睁开眼睛，望着雨露和阳光从叶茎传来，滋润和温暖流进他们感恩的心房。直到有一天，茎叶在秋霜里萎黄，他们哭喊着蹦出泥土，静卧在田野产后的怀抱里，呼吸着人间亲切的气息。他们的肤色呈黄、白、紫黑……

洋芋的子孙们，就这样繁衍不息。

洋芋成熟的深秋，我好多次到故乡山野地垄旁倾听它们的声音。它们吵闹的声音从泥土的裂口里传出，有时像婴儿的啼哭，有时像母亲的呻吟，有时像恋人的絮语，有时像山塬上刮过的风，有时像春日坼裂的冰河……

酒香氤氲的小镇

酒香氤氲。一个河湟小镇百年的味道、浓郁的风情。

小镇的麻雀儿能喝二两酒。

这狂话最早也许出自小镇某个酒徒之口，后随酒流传外乡。小镇人外出，若遇酒场，外乡人劝酒时，就会一同送上这句谚语。这不光是戏谑，也露出那么一丝善意的推崇。

小镇在湟水河北岸，达坂山南麓，20 世纪早期叫威远堡，20 世纪 50 年代起改叫威远镇。这里出好酒，名冠河湟。究其渊源，据传与山西杏花村血缘相通。

镇子中央有座始建于明代万历年间的鼓楼，乃镇镇之宝。鼓楼之西不出百步，据说过去就是大名鼎鼎的天佑德烧坊，其秘法酿制的青稞酒，在历史悠长的巷道里历久弥香，留下了驮酒千里一路香的佳话，氤氤氲氲了几百年。

时下，这里建成了号称全国最大的青稞酒生产基地，其“八大作坊”“天佑德”“花袖袖”等酒中望族声名鹊起，畅销不衰。青稞酒集团公司跻身青海屈指可数的几家上市公司之一，那个荣耀，足以叫人沉醉。

故小镇人好酒，人厚道，喝也实诚，酒坛子不倒人不倒。直喝得“盅底儿”朝天，“鼻洼里”冒汗，“皮脸脑”成了铜罐。有不少妄言诞语。酒肚子已满，还捏着盅子，说“肝花五脏迈开，下来了”，说“上山里往下山里倒水哩——松活！”云云。成也萧何，败也萧何。小镇人与酒结缘，小小酒杯里就喝出了日月乾坤，喝出了数不清道不明的悲喜恩怨……

酒为小镇敷了一抹绯红的胭脂，看上去很美。一些恩怨情仇与酒有关，一些风流韵事与酒有关，一些鸡毛蒜皮与酒有关。如果没有酒的润染，小镇的历史一定会黯然失色。

小镇人前赴后继，发扬光大了神圣的喝酒事业。相传，天佑德烧坊不知第几代掌柜子，爱酒如命，以酒为茶为汤，人家的紫砂茶壶里一天到黑饮的不是茶，而是神仙不落地，早晨漱口乃酒泡馍馍，晚上下面片以酒做汤。传说可能有些夸张之嫌，但也可窥见小镇人好酒之一斑。听听这些酒徒的雅号，可令人顿生敬畏。张不醉、代八斤、刘一桶、王半吨、史不醒……

昔日食物匮乏，但酒照喝不误。清肠寡肚，一碗炒洋芋，最体面一盘炒鸡蛋，拉开阵势，开喝。无肉可啖，无菜可就，此曰干喝；温酒不便，凉喝，曰上梁山；一时杯具不便，捉瓶而饮，曰吹喇叭；举杯无亲，一人独酌，曰捣闷盅；二人对饮，也不猜拳，曰挖对盆；也无由头，约三五狗友喝，曰闲酒；如与暧昧女子喝，曰花酒……还有文野之分，长幼有序，贵贱有别，喝得皆大欢喜，恰到好处，扶老携幼而归，叫“规程”；没大没小，乱捣江湖，直喝得唾天骂地，黑白不分，六亲不认，叫“脏肚”。还有礼仪之别，所谓升盅、罚酒、代杯，拦门盅、打擂台等，还有红白喜事的酒，年头节下的年节酒之类。饮酒的种类花样繁多，不可尽述。

我最喜欢喝闲酒。秉承着酒可千日不喝，不可一喝不醉的老规矩，每喝必醉。最尴尬的莫过是在五花八门的应酬酒场上，也醉，可每回醉得难受。尤其是酒高脑转，有时往往出言不逊，误伤一官半吏或大款大家的，图了一时痛快，可最终鸡蛋碰石头，伤的是下家，招来难言之隐患。镇上也有三五酒友，瞅了闲空，自备酒食，或饮于僻村陋舍，或饮于茶楼酒肆，或饮于山林野洼，说话无遮拦，惹怒了酒友，一时别扭，过两天再碰一杯酒，重叙旧好，皆大欢喜。

当下时轮变幻，小镇好酒泉涌之势不可挡。然酒风日衰，我也每每不胜酒力，酒焰烧不起豪气来。到了周末，偶约朋友进茶园，多不喝酒，耽迷于方城，直至手如鸡爪，目似猴臀，日落而归。

小镇华灯迷离，夜风吹来，鼓楼风铃还唱往日歌谣，有些隐秘，有些隔世，还有些怀旧的那么一丝丝说不清的感伤……

记忆深处，那氤氲的酒香，仿佛幽幽然涨满你的心胸，醉着你。

卤肉记

曾与朋友在土乡威远镇垢痂巷吃了一顿卤肉，至今齿留余香。

远方的客人，初次来到威远镇，首先映入眼帘的必定是小镇中央那座历经风雨沧桑的鼓楼，它始建于明代万历年间，至今快四百年了。鼓楼，见证和承载了这一方土地的历史，人们感受到的是一份厚重。正是这一份岁月的厚重，也孕育了这里丰富的人情风物，自然包括风味美食了。

置身鼓楼旁，一定会感受到两种诱人的特殊风味。一种是青稞酒醉人的清香，这就不用多说了，因为这里就是中国西部青稞酒的故乡，早已闻名遐迩，路人皆知了。还有一种淳厚的卤香味，也会幽幽地从那些街巷里飘出，扑上鼻端，令人口舌生津，如果是曾被它诱惑过的人，此刻真会不能自持，只想循香而去，一饱口福……

这就是闻名河湟乃至青海高原的风味美食：土乡卤肉。

假设最初的卤肉食艺是军队或商人或移民传来的，当年从外地来到土乡的汉人工匠、将士和当地民夫们，在修建鼓楼时就吃过卤肉的话，那么，卤肉的历史就与鼓楼一样久远了。

据传，卤肉技艺在小镇流传始于明代。互助作家王月邦先生在一篇文章中引经据典，说青海汉人的根在南京。

明洪武十三年，朱元璋借口左丞相胡惟庸谋反，诛杀胡党及功臣一万五千余人，并以此为借口，最终废除中书省，接着废除三省制度及丞相官职，将本来就少得可怜的民主集中制剥夺干净，从此大权独揽。这一事件牵连人数之众，在明代历史上空前绝后。洪武十八年，户部侍郎郭恒与地方官吏勾结，吞盗官粮。案发后，六部侍郎以下官员被处死刑的达数百人，牵连受刑的人达数万人。这两次事件迅如风雷，波及面广，覆巢之下无完卵，珠玑巷亦未能幸免。死且万余人，充军者更众，以至弄得南京城风声鹤唳，草木皆兵。珠玑巷里发生的居民大迁移可能就与这两次政治事件有关。南京珠玑巷的居民们被赶出京城重地，浩浩荡荡长途跋涉，扶老拖稚，哭爹叫娘，其状苦不可言。此去四千里，到达目的地也需三个月之久，车马驿道上常常抛下亲人的尸首，雄关漫道阻断了家乡的消息。

也许，西迁的祖先，带来了江南文化，也包括传统的卤肉炮制法。若如此，卤肉在小镇也有五百余载了。

确切地说，卤肉在这里至少也有一百多年的历史。随便去打问一下，那些威远镇上的卤肉世家的老师傅都会清楚地讲述一个这样的传说。清朝光绪年间，山西太原府丰城县一个姓谢的客娃也就是商人，最初在互助威远堡开了一家卤肉馆，经营卤肉，一时声名鹊起。随后，当地人也随着做起了卤肉生意。

卤香飘过百年，经过传承发展，威远镇就有了世代传承经营的卤肉馆。那独特的风味就一直流传到今天，出现了不少有名的卤肉馆儿，时间远点的有海家、张家等，时间近点的有王家、乔家、赵家等，都曾名冠小镇，食客盈门，还吸引了不少西宁、兰州等外地吃客。

土乡卤肉凭什么驰名河湟，为人青睐？这其中自有不少讲究，但最主要的还是在食材的讲究上。说到卤肉的原材料猪肉，就要说到猪了。互助当地有一种特殊品种的猪，由于它的前额上具有特殊的八字纹并且耳朵较一般猪大，所以称八眉猪，民间叫大耳朵。据科学研究，这个猪品种的驯养历史十分古老，距今有6000多年，是古代移民从黄土高原带到这里的。由于水土、气候条件，还有饲料原因，八眉猪肉质紧密，口味纯正，有一种自然醇厚的香味。

现在，纯种八眉猪很少，但要保证正宗土乡卤肉的风味，一般卤肉馆都收购当地喂养的猪，叫土猪，作为卤肉原料。现在有定点的喂养户，过去则要走乡串户去收购。驾一辆毛驴车或干脆拉辆人力车，每进一个村子，就在巷子里高声叫喊：收——猪娃！收猪——娃……

保证了食材的品质，最后决定卤肉的色香风味，就要凭传家的秘方——老汤和师傅的手艺了。说起老汤，各家配方各有秘诀，从不外泄。

小镇上有几家著名的卤肉馆，都号称百年卤肉。吃客一嗅到那积年累月的醇香老汤，舌根不由自主溢出口水。老汤配方各有秘诀。大料就那几样，大香、小香、丁香、草果、桂皮、肉蔻、荜茇、凉姜，等等。可各家风味却不一样。比如乔馆儿的火候适当，入口爽滑，肥而不腻，瘦而不寡；王馆儿的肉色赤黄，料不出头，清淡自然，久吃不厌；张馆儿的色呈酱红，嚼有异香，几日不啖，莫名想念，人们私下议论，那老汤里怕是下了大烟籽儿，不然，咋这么多食客都扛不住那酱红的诱惑。

如今，一些外地的食客也时常慕名前往，钻进哪家卤肉馆，点一只肘子，称若干肠、蹄、肚儿或心、肝、肺儿，佐以葱、酱、醋、辣子，大快朵颐，一嘴油水，肥而不腻，吃得脑满肠肥，情绪飙升。

如果再佐以一坛土乡酩馏酒，愈佳。卤肉即下酒极品。大碗酒大块肉，一会儿云山雾海，嘴里哼着满天星儿，心里忘了颇烦事儿。

顺眼瞭望，那土族阿姑的花袖衫从眼前飘过，像远山飘来的一朵朵彩色云霓，散落威远街头……

耿占坤

海心山上的空谷幽兰

耿占坤，出生于青海柴达木盆地，成长在河南柘城老家。大学毕业后再赴青海工作、生活，现居西宁。青海省作家协会名誉主席。从事民族文化研究和散文、随笔及诗歌创作，出版主要作品有专著《青海湖传》《爱与歌唱之谜》，散文随笔集《西部拾零》《大香格里拉坐标》《远去的山寨》，诗集《四季落叶》，长诗《黄河传》等。

海心山上的空谷幽兰

海心山，青海湖上这个充满传奇和神秘的小岛，一直像磁石般地吸引着我。终于在藏历水羊年（青海湖女神的属相）这个吉祥的年份，我于五月和八月两次登上这个小岛，先后居住十几天，并且结识了那些酷似美国人比尔·波特笔下“空谷幽兰”的修行者。

《丹噶尔厅志》称海心山为“青海岛”,藏语音译称“措娘”，意为海心；又称“措娘玛哈岱娃”，意为海心天神。蒙古语音译称“魁逊陀罗亥”,“魁逊”意为肚脐,“陀罗亥”意为头,在此当“山”字解,即肚脐山,喻海心山位于湖中,似肚脐在人体中部。面积不过一平方公里的海心山，如一个倒扣在湖面上的螺壳，西高东低，一直缓缓地伸进湖里去。船靠岸的一面是布满乱石的湖滩，岩石大如牦牛，小如绵羊，更多小石头藏身于其中。简易的码头边，早有修行者等待在那里。船的到来，对这些久居孤岛的人来说更胜于节日的欣喜。马子奇 1940 年在《青海湖纪略》中曾经这样描述：“岛上无舟楫可通大陆，但于每年结冰期中，内外始得往来。但必于（冰面）见狐爪足迹后，方始通行。否则，虽冰封已久，不敢冒险行走。因此岛上喇嘛认为身登仙岛，外人则认为神仙禁地，故每年结冰之期，远道来此朝拜者甚多。岛上喇嘛则趁此下山购运粮食用品，以备来年之需。”20 世纪 90 年代以来，随着封湖禁渔法规的严格实施，曾一度因为国有渔船往返而改变的湖上交通，又回到了从前状况，于是我们这只特许的船就成了水羊年送到海心山的特别礼物。

几位尼姑上船搬运为她们捎带的各种物品，有食物、作燃料的干牛粪、蜡烛、柴油，还有维修寺庙用的木料、砖头、玻璃等。尼姑们不管是不是她们的东西，只要是需要拿下船的物品全往岸上卸，包括我的行李。尼姑们还用暖水瓶提来热茶，拿来了馍馍。后来我才意识到，这茶和馍馍代表的真情实意，远远超出了我们在城市所能享受到的任何美酒佳肴，因为这是她们最好、也是仅有的东西。

海心山朝阳的一面是一道陡立的崖壁，从西往东，崖高几米到十几米不等，崖壁上沙石相间，许多巨石摇摇欲坠。崖壁上几处不细看很难发现的岩洞吸引了我的目光。一共六七个可以辨别的石洞，两三个洞口稍有泥石修砌过的痕迹，挂着与岩壁浑然一色的破旧布帘，另外几个洞口隐藏于岩石错落之中，没有任何修整和遮挡。这些岩洞就是来岛上短期修行的人的栖身之所。长则一年两年，短则半年数月，她们在山洞里生活居住，诵经打坐或静思冥想。

沿着行人踩出的脚印往崖壁上方爬，脚下的石头子一滚一滑费了我不少劲。从崖顶上就可以看到海心山丘壑起伏的面貌了。崖顶修建有五六间土石小屋，各自相距几十米，给这荒岛平添了几缕人间生活的气息。原来这些小房屋属于住在岛上长期修行的出家人，几位年龄在 50 岁至 70 岁之间的老年尼姑。据说是她们的家人在冬天用手扶拖拉机从冰上运来一些材料，帮助盖起的这种简易的土房，使她们能够避风遮雨，赖以生存。顺着山坡草地往湖边去，崖壁渐渐消失，变得平坦开阔，在近湖边的地方，立着一座被五彩经幡围护着的佛塔，塔身映入宽广纯净的湖面，显得格外幽静脱俗，仿佛是一位独立于超然之境中的智者。

再上一个山包，我意外地发现一座小规模的寺院赫然立于前方的山坡上。这是我没有料想到的景象。马子奇曾在《青海湖纪略》一文中记载:“海心山岛上有寺庙二三处,已破烂,现拟修新庙宇,在冰期运木料等,不久开工。山上有石洞四个,一洞作诵经所,两个作斋舍,余一个饲畜类,男女喇嘛五六人。”所以我原以为只会在岛上看见一两间破旧失修的经堂或其他更小的土木房屋。而现在我看到的却是几间较大的建筑物,有汉式风格也有藏式风格。汉式佛殿飞檐雕花沧桑在目;藏式经堂沉稳凝重,外部装饰似乎尚未完成。两侧建有两排平房,每排有七八间房屋,右边一排已建好,门前用玻璃窗封闭出一道走廊,防风防寒。左边一排才刚完成主体。右边的一间房子里有一位尼姑正在生火,于是我走进去。

这是这位尼姑的宿舍,干净整洁,陈设非常简单,一张土炕,一个炉子,一些炊具和其他生活用品。我认出来她是我刚才下船不久遇见的那个背水的尼姑,我还同她打了招呼。尼姑热情地给我让座,并倒一碗茶递过来。于是我边喝茶边同她聊岛上的事情。这个姑娘汉名叫陈莉,是青海东部湟中县农村的藏族,今年18岁,而她出家在这岛上已经四年了。我问她想不想家,她说开始两年想,常常一个人偷着哭,这两年不怎么想了,在这里师傅和姐妹们对她都非常好,她也习惯了岛上的生活。陈莉上过小学,又在农业区长大，所以汉话说得毫无障碍。从这姑娘的介绍中，我才大概了解了岛上修行的基本情况。这岛上的修行者分两种，一是陈莉所在的这个叫莲花寺的小寺院，目前有尼姑六人，一位住持，年龄最大的四十多岁，陈莉最小，这几位尼姑是岛上的在册居民，以寺为家。莲花寺还同热贡地区（青海省黄南藏族自治州）的阿琼南宗尼姑寺有某种关系，这个寺经常会派一两个尼姑到岛上来进行一到两年的短期修行。另一部分是住在山下崖边的修行者，有尼姑也有阿卡，他（她）们多半是自己选择来岛上作短期修行的，其中几位老尼是常住居民，最长的已经在海心山生活了近二十年。这些修行者来自青海、甘肃以及四川等省份。往年来此修行的多是尼姑，一般不超过十人，今年是水羊年，是到海心山修行的最好年份，所以现在山下有十二个尼姑和十一个阿卡，已经超出了岛屿所能够提供的生存条件。相比之下，莲花寺的尼姑们条件要好得多，有房子住，食物、燃料都有保障，因为她们是有组织的，外界的捐赠和布施也多一些。而山下的“个体户”则不然，她们多数是冬天从冰上过来，一次要带够大约半年用的衣服、食物、燃料及其他必需品，夏天乘便船出去，再带回半年用的物品，所以经常发生缺衣、少粮、没燃料的情况，生活非常艰苦。陈莉说，平时她们也同山下的尼姑们见面聊天，山下的人也到寺院来串门，但交往并不密切，主要还是各自修行。山下的人遇到生活困难或生病时，她们会尽力帮助，但毕竟同处孤岛上，有时也力不从心。陈莉说这些年她们帮助过许多修行者，甚至在危难时救过她们的命，有些人出去几年后至今还同莲花寺保持着联系。住在岛上的人都不自私，任何事都会互相照顾，因为在岛上的日子就是为了更好的修行功德。

陈莉个子不高，胖乎乎的，天真单纯，似乎看不出她的忧郁和寂寞，她说话时总是笑，带着少女的羞涩。在这个没有电也没有任何现代气息的世外孤岛上，一位青春年华的姑娘就这样平静祥和地伴着海风、落日和佛像前的酥油灯，我身处的那个喧哗的世界和荣辱得失对她来说丝毫没有意义，或者说根本就不存在。当我感受到却不能理解这位少女的快乐与满足时，我觉得自己开始变得卑微起来。

陈莉同我聊着天，开始做晚饭。她和了一团面，又切些土豆片，准备做面片。陈莉请我留下一起吃晚饭。我说天要黑了，我的同伴在山下等我，并且我的手电筒没带身上，我会掉到湖里喂鱼的。陈莉又笑起来。

在岛屿同湖水相连的那片沙滩上，有一块候鸟的栖息地。我没有去打扰那些有翅膀的天使。我开始往岛屿中心的山坡上走去，很快就看到几处断断续续连成一线的残垣断墙，最高的一处尚有两米多高，用石头和土垒起。《旧唐书》记载:“哥舒翰筑神威军于青海上，吐蕃至，攻破之。又筑城于青海中龙驹岛，有白龙现，遂名为应龙城。”这些就是“应龙城”仅存于地面上的建筑遗迹了。在这个荒凉残破的遗迹背景中，却又意味深长地出现了一座新修不久的白塔，好像人们有意让这千年的历史回声和冥冥中的梵咒法语混合在一起，借以倾听它们如何对话。站在这片近乎虚构的时空里，除了一种无法言表的茫然与惊诧，我的思绪始终不能凝聚出一种概念或一个形象，它们像这些残陶碎瓦一样散落一地，沉寂于无秩序的联系中。

住在崖壁山洞里修行的尼姑，大部分都不太懂汉语，按照老尼卓玛措的指点，我去“有烟囱的山洞”找那位能说一点汉话的四川姑娘。

这个有烟囱的山洞处在一个好位置。洞前有块两三平方米的平台，一侧立着一块巨石，这是三个相近的山洞中靠边的一个，洞口与崖壁在一个平面上，用泥石做了一点修整，洞口窄而低，容一个人弓身进去。我在门口喊了一声没人应答，只管走进去，洞内一片漆黑。当我的眼睛适应了昏暗的光线之后，里面的景象就慢慢浮现了出来。洞口有一个泥台，上面放着锅和水壶，我知道这是炉灶，地上随便放着些日用品，往里去地方很小，呈斜面的岩石让这空间构成了一个内窄外宽的三角形格局，岩石的突出部分被烟熏得发黑，地上有两级自然的石阶往里逐渐升高，洞的最里面是一个小炕的位置，但我不知道那是人工盘的炕还是天然的石板面，因为上面铺着被褥，有一束光线照在炕上，我才注意到石壁上竟然有一个用白色塑料布遮住的小窗户，被褥散乱地堆放着，其他东西也没有秩序可言。山洞的主人不在，我只好出去。

就在我站在洞外张望的时候，一位年轻的尼姑背水回来。姑娘看见我，开心地一笑，先我而打了招呼："你来啦？"我认出来，下船的时候，她也曾去送茶水搬行李。我说，谢谢你昨天帮我们的忙。尼姑把背上的塑料水桶靠在大石头上，脸上流着汗。没想到她竟毫不客气地对我说：别光动嘴不动手呀，快帮我把水放下来。她的汉话有点生硬，但这一瞬间我知道她是一个开朗活泼的姑娘。桶里的水有些浑浊。这湖边有一个小淡水泉，是岛上唯一的饮用水源，水量很小的淡水从乱石中渗出。现在人多水少，大家都在早晨取水，去晚了的人只能得到浑水。于是我打趣地说：

睡懒觉的人就没得清水吃了。没想到她的狡辩还蛮机灵：反正要有人吃浑水，让别人先去不好吗？她请我进“屋”去。我说，我已经进去过了，里面乱得像个羊圈。姑娘显得不好意思起来，但她还是蛮横地威胁我：你敢再说！由于外面的风依然很凉，我还是跟她进了山洞。

一阵愉快的口舌仗，使我们之间的气氛活跃起来，有效地消除了陌生人之间常有的拘束和戒备心理。于是我转向我想聊的话题，对话就进行得轻松而顺利。

这位活泼又清秀的尼姑名叫仁青拉毛，是藏族姑娘，今年25岁，家住四川甘孜藏族自治州的白玉县。仁青拉毛的家里还有一个哥哥、一个弟弟和两个妹妹，那是一个充满幸福和欢乐的大家庭。这大概正是她快乐性格形成的环境。仁青拉毛3年前才出家为尼，是她自愿要求的，来青海湖之前在当地的一个尼姑寺修行学经。她说自己喜欢出家人的这种生活，也不用长年住在寺院，有很多时间可以住在家里又学经又劳动。显然，仁青出家的那个寺院属于宁玛派（红教），僧俗掺半、与世俗若即若离的状态是藏传佛教中这一最古老派别的一大特点。

我问仁青拉毛怎么会知道青海湖上这个小岛的，为什么要跑这么远到这里来修行。她说青海湖和海心山在她们那里名气都很大，那里的尼姑都希望能到海心山来修行一段时间，因为这里和莲花生大师有关，有莲花生大师的许多事迹，所以是一个有灵气的地方，在海心山修行功德高，特别是像今年这样的水羊年是最好的机会。仁青说她来海心山是经寺院批准的，但生活要完全自理。冬天最冷的时候，家里为她做好了充分的准备，她的哥哥专程送她到岛上来，同她一起来的还有当地的一位尼姑，住在另一个山洞，她们来到岛上后又认识了一位四川阿坝的姑娘，这让她很高兴，几个人成了亲密的姐妹。我问她这几个月在岛上的生活。仁青非常老实地回答说：很苦，比来之前想象的要苦。刚来岛上时天气冷得出奇，所以就没有注意节约燃料，现在牛粪和食物都所剩无几，特别是缺烧的，不过她必须想办法坚持到七月份，那时她才能完成预定的修行时间离开海心山。她说这个神圣的小岛也同她来之前想象的不一样，它比想象中的要大，可是岛上没有想象中的流水和树木，也没想到已经农历四月了岛上一点春天的感觉都没有。然而这个仙岛却远比她想象中的更加安静，它让人从心底里敬仰它，还有点害怕它。仁青还对我讲述了去年冬天她们救人的经过。一辆载有朝圣者的面包车，在离岛不远处掉进冰洞，听说一共有九个人，只有三个被我们救了上来。这时候，我看到仁青顽皮的表情变得凝重，目光里飘出一片迷茫。我知道，对这个身披袈裟的姑娘来说，灵魂与肉体的关系仍然是一个深奥的课题，解悟生死之谜对出家人同样是一个漫长的过程。显然，在海心山的生活与经历以及在这里的所思所想，将成为这位年轻尼姑迈向未来的一个重要台阶。

仁青说岛上的生活很简单。吃饭、睡觉、诵经、默想，同姐妹们一起聊天或者坐在山洞外的石头上看湖。她说青海湖真是太大啦，坐在那里看着它时心里什么事都没法想，好像所有事情都忘记了，只是静静地看水、看云、看远处山上的雪，等站起身来就感觉身上特别轻松，心情格外好。我想也许这正是崇尚密宗的宁玛派僧人要来海心山修行的秘密。仁青上过初中，汉话说得不错，并且有一定的汉藏文基础，这肯定有利于她的修行。

望着这个开朗善谈的姑娘，我又问了一些世俗的话题。我问她想不想家人，想家了怎么办。她毫不迟疑地说，想，特别想妈妈。想家的时候或者心情不好的时候姐妹们就聊天，有时候一个人躲在山洞里哭，哭完了之后就没事了。我相信她正是这样一位率真的姑娘，个性像一条河，感情像流水。我问她想过今后要还俗嫁人或者到城里去找工作吗？她想了想说，她没有这打算，她觉得尼姑的生活很安静，少很多烦心事。我问她你出家之前有过恋人吗？这回她假装不明白了，反问我：你说什么我不懂。但她的表情却羞涩起来。我干脆说，你这么漂亮，出家前肯定有不少小伙子喜欢你，你喜欢过谁吗？姑娘羞红的脸使她看上去更加秀美，甚至给这个山洞也增添了光彩，不善于撒谎的仁青只好用低头沉默回答了我的问题。我似乎觉得我的话触动了她的某些记忆。生性活泼的仁青显然不是一位适宜于寂寞与清苦环境的姑娘，虽然她有一种虔诚的信仰，却更有一颗充满热情的心，对宁静与孤寂的追求也许正是为了抵抗心中太多的幻想。我倒希望这种尼姑的身心锻炼，能成为她未来幸福人生中的一种财富而不是未来生活的唯一主题。

《魏书·吐谷浑传》记载："青海周回千余里，海内有小山，每冬冰合后，以良牝马置此山，至来春收之，马皆有孕，所生得驹，号为龙种，必多骏异。"汉唐时期，由于农业、交通、战争对马需求量大而迫切，非常重视品种选育，将波斯（今伊朗）良种马引进青海湖地区，杂交出新品种——青海骢，成为中原地区不可多得的宝马，故而海心山又有"龙驹岛"之称。同五月初相比，八月的海心山虽然早晚依然寒风料峭，却已经完全换了一个形象，就如一个邋邋遢遢的小姑娘转眼间被化装成了丰盈楚楚的美女，令人为之动心。此时芳草萋萋如青衣翠裙遮蔽着整个岛屿；波涛起伏流畅描绘出美人如歌的风韵；绿茵中星星点点地随意绣着红色、黄色或紫色的花朵，连“应龙城”那几处残墙破壁也变成了衣裙上古朴的饰物。莲花寺背后环状的山丘上，连接俄博之间的五彩经幡，往下映着绿岛碧水，往上衬着白云蓝天，为这岛屿的天然美丽更增添了一份神奇与高贵。站在最高处放眼环顾，湖水中的一群群精灵正抬着岛屿缓缓而行，仿佛在护送着天神的新娘。

岛上年龄最大的阿尼卓玛措，住在崖顶的小屋。我第一次进屋的时候，她正在吃早饭：茶水和糌粑。卓玛措给我倒一碗茶，又端来一盘似乎已经干透了的油炸饼，并问我要不要拌炒面。说实话，我的肚子并没有吃饱，但我明白这些食物对她来说更为宝贵，我谢绝了，只喝茶借以取暖。

在湖边这数间小屋子中，卓玛措的这间算是比较好的。这是一间小土屋，房顶比人高不了多少，那些支撑屋顶的细小木料看上去还很新，说明房子建成没有几年。房子内外四壁都用泥巴抹得非常光滑，如果不是这小门小窗，我会误以为它不是住人的房子而是某种道具。房内最多七八个平方米,却还分为里外两间。里面一间有一个不大的土炕,单薄的旧被子和几件衣服叠得整整齐齐放在炕头，炕边支着一个火炉，使烧水做饭和取暖合二为一。有一个似乎是木板搭起的小桌，有序地摆放着一些日常生活用品，看不到一件多余的东西，墙壁上贴着几张与宗教有关的图片。外间靠墙边放着杂物和用具，有背水的塑料桶、锅、水壶，十几个土豆，装有东西的口袋，墙角有一小堆干牛羊粪等。一切都显得十分简单又有条有理，透出家居的温馨气息。卓玛措说，这间房子是去年夏天家里人来帮她重新盖的，比别人的都新，其他的房子经常漏风、漏雨，那用石板石块垒的房子冬天更冷。她的话里露出很知足的感觉。

同她营造的这个小环境一样,卓玛措看起来干净利落,亲切和气。她穿着一件暗红色的袈裟，洗得很干净，一串佛珠挂在脖子上，神态宁静而又精神饱满。卓玛措说她今年大概是 67 岁或 68 岁，在这岛上居住有二十年了，当年她带着幼小的儿子来到这里。儿子叫桑结加，也是一位僧人,但他出岛以后总是不愿回来。卓玛措说话时面带笑容,慈眉善目，岁月的风雨之痕虽然刻在她的脸上，却一点也不显苍老，更没有悲苦的迹象，走起路来身板挺直，脚下灵活有力，完全不像年近古稀之人，更不像在这超乎常人理解的艰难环境中生活了二十年之久。

卓玛措说，她刚来这岛上时几乎没有什么人，冬天有几个尼姑来住半年或一年就离开了，这些年来来去去不知道换了多少人。她来时山上的那座寺庙还荒废着，只剩一间旧佛殿，几年以后才有人上来重建。她说岛上生活最难的是冬天，天气太冷。那时进出海心山都在冬天最冷的时候从冰上走，家里人用架子车或手扶拖拉机送来吃的、烧的、用的，不可能送太多，所以得非常节省。夏天时，如果碰巧渔场打鱼的船从这里路过，就能乘船出去，但是回来要等一个月或二十天才会有船再到这一带来打鱼，也不能带太多东西。这些年渔场的船停了，所以除了平时烧茶做饭外，冬天根本不敢点火取暖，岛上修行的人几乎都养成了晚上不生火不吃饭的习惯。我告诉卓玛措，1997 年，我曾在湖边的一次祭海活动中见到过她的儿子桑结加，我们都称他为海心山的外交大使。卓玛措自豪并幸福地说：那就是他。显然，对孩子的爱，是支持她在海心山生活这么多年的另一种力量。

在岛上，我还认识了莲花寺的另一个尼姑青增卓玛。青增卓玛 26 岁，漂亮、稳重又精明能干，她是陈莉的师傅，也是莲花寺的管家。青增住在寺院左侧这排尚未完工的平房的第一间，这间房子不是新盖的，它同那些新房屋连成了一排。青增的房子是两间，用一块贯通的花布帘隔开。里面是卧室，透着浓郁的闺阁气息，干净、清雅、整齐，被褥几乎是新的，炕对面摆着桌子和一个小书架，上面放有书籍和生活用品，也包括一面圆镜和擦脸油之类，地上甚至还铺着一块红色的化纤地毯。整个卧室内透着一股淡淡的熏香之气。这个环境让人想到一位对生活充满热爱与期待的姑娘，当然，袈裟、佛像和宗教用品确定了房屋主人的身份。外面一间较小，支着炉子，是烧水做饭的地方，炉子边也有一张炕。青增说，莲花寺两年前还只有两三间土房，这房子原来她和师傅两人住，师傅住里间，她住外间，青增的师傅就是这莲花寺的住持。青增说师傅最近不在岛上，她在外面到处奔走化缘，去筹措维修和扩建寺院的钱与物。莲花寺现在的规模和不断改善的条件全是师傅的功劳，捐助寺院钱物的，有地方政府，有企业，有个人，还有大寺院及其他活佛。

青增卓玛虽然年轻，却有着传奇般的阅历。她 15 岁时就跟随师傅去过西藏朝圣，从塔尔寺出发，师傅一路磕长头，她拉架子车步行，负责途中生活起居，经过了将近三年时间才到达拉萨。青增说得很平淡，一句话就从塔尔寺到了拉萨，但我知道那是怎样一段令人刻骨铭心的历程，那是何等令人难以想象的艰苦与考验。两千多公里路程，上千个日日夜夜，严寒、风雪、暴雨、冰雹和烈日，海拔五千米以上的雪山峻岭，疲劳、饥渴、疾病、孤独以及无法预料的种种困难，一个十几岁的姑娘是如何应对与度过的？青增卓玛回忆说，她有时想家，有时也害怕，可她从没想到要退缩，也从没后悔过，师傅磕头那么苦都没有怕，还一路上给予她关心与鼓励，常常给她讲一些故事，她觉得只要有师傅在就没有过不去的难关。她的话语中充满了对师傅的敬佩之情。可以说，青增是在朝圣的路上长大的，到达圣地拉萨时，这个美丽的花季少女也同时迈入了生命的青春。这段非凡的经历凝结成了她生命旅途上不可多得的财富，而这财富将像珍宝的光芒一样照耀着她未来的人生。

莲花寺是一个小巧精致的神灵驻锡地。对佛殿和经堂的内部，我这个槛外之人看不出什么奥秘或独特之处，在新建的藏式大经堂主佛的位置有莲花生大师的塑像，证明这是一个宁玛派寺院。经堂右边那座汉式建筑的佛殿使我最感兴趣。佛殿外观很陈旧，但房檐的木雕十分精美细致，虽然湖上的风雨和岁月已经剥蚀了所有色彩，但它们还是让我惊喜不已。按照有关资料记载来推测，这间佛殿最迟应建于 1941 年。而我最担心的是这房子会在今后的扩建中被拆除。

青增卓玛显然是一个好管家，这个寺院虽小却井然有序，温馨如家。青增甚至还带领姐妹们在佛殿前的空地上开辟了几小片土地，种了许多鲜花。青增说地里缺水的时候她们要到湖边的泉眼那里背水来浇花，可以想象那是相当劳累的工作。这些鲜花让佛祖和各路神灵喜悦，也陪伴着这些年轻尼姑们简朴的生活和多彩的梦想。

最初我以为，对我来说，在海心山的日子短暂而宝贵，然而实际上我却发现，那不经意中送走的每一天都过得近于奢侈。除了和人聊天，我多半在这样三个地方打发时间：高高的崖壁、海边的巨石和莲花寺旁的俄博。我坐在崖顶眺望湖面及至远山，看它们在晨光和夕阳里如何变化；坐在岸边的巨石上看身边的波浪在乱石中游戏，听它们不知疲倦地唱着同一支歌；坐在俄博迎风舞动的嘛呢旗下，看尼姑的红袈裟缓缓飘过白塔旁的草地，犹如梦境一般。我这样坐着不是没有期待的。我总觉得在这种几乎具有抽象意义或象征性的风景里有宜于思考一些事情。然而我又错了。这个岛屿仿佛把世界带回到了它的孩提时代，一片汪洋和一个浮在上面的蛋，一切事物都不可知地藏在这个尚未打开的蛋里。于是面对这个单纯如一的世界，我的思想无所依托。它变得懒惰，无动于衷，我等待的所有思绪都像石头一样沉入了幽深的海底，无论如何也不愿浮现出来。我没有能够成为一个孤岛上的思想者。与仁青拉毛的静坐不同的是，我一连两三个小时地傻坐着，最终都在心满意足中一无所获。

在午后的波浪与送别声中，船缓缓离开小岛。在向一片空谷幽兰挥手告别的那一瞬间，我心底涌出一股离家的感觉。我知道，我在岛上留下了某种东西，那不仅仅是记忆和怀念。

唐　涓

梵音萦绕的隆务寺

唐涓，女，山东文登人。编审。《三江源生态》杂志副主编。中国作家协会会员。已出版散文集《从西向西》、文化散文《诗意栖居》《佛境梵韵·隆务寺》《时光的另一种表述》，长篇报告文学《我心中的手》《追梦柴达木》，纪录片拍摄札记《离天最近的生灵》等。作品多次入选《2004中国散文年选》《2006中国精短美文100篇》《2008中国随笔排行榜》《2009中国年度散文》等多种选本。先后荣获第三届冰心散文优秀奖，青海省第六届文学艺术创作奖，青海省第八、九届精神文明建设“五个一工程”奖，陕西省第十二届精神文明建设“五个一工程”奖等。

梵音萦绕的隆务寺

1

此时正是黄昏，天地间最富有情调的时刻。我坐在一座山的高处，环顾四野。山下是隆务河谷，宽阔绵长，延伸到山的深处。河谷里除了郁郁葱葱的草木，还密集着民居、商店和街道。远远望去，完全是一幅飘溢着人间烟火气息的家园图景。只是几座水泥高楼，兀立在平缓的河谷中，显得有些扎眼。不过，我的目光此刻关注的是那个在夕阳下闪烁着金色光芒的地方。这是安多地区著名的格鲁派寺院——隆务寺。它地处距离青海省会西宁市 120 公里的同仁县城。其实，早在公元 1301 年，它就出现在这片土地，等我细细端详它的时候，时光已经流逝了 700 多年。这就是说，那时的隆务寺，除了文字遗存的记忆，一切只有依赖我们的想象。我想700年前，这里一定水草丰美，牛羊遍地。大地上开满了斑斓的花朵，田野里飘荡着悠扬的民谣。而隆务寺在如此久远的岁月前出现在此也并非偶然。那时，藏传佛教早已传入西部藏地，大大小小的藏传佛教寺院陆续林立，起初隆务寺只是一个规模不大的萨迦派寺院。明洪武三年得到明王朝的准建，才有了隆务寺的正式命名。近百年后的1462年，一个叫三木旦仁钦的名僧又重建了隆务寺。在隆务寺最早建成的大经堂门首上，曾悬挂过一个题写着“西域胜境”四个金字的匾额，系明熹宗于天启二年所赐。而正是明熹宗皇帝的这块匾额，令隆务寺声名大振。此后隆务寺从三木旦仁钦的转世一世夏日仓活佛开始，规模逐渐扩大，十余个属寺遍布黄南的山间乡镇，众星捧月般地簇拥着隆务寺。隆务寺坐西向东，依山面水，选址蕴含了浓厚的藏传佛教寺院建筑的风水观。据说隆务寺背依的西山形似大象，四周环绕的群山峰峦状若莲花，围拢着丰饶富足的隆务镇。而隆务寺恰如莲花中盛开的花蕊，吉祥、夺目。从隆务寺前缓缓流过的隆务河蜿蜒丰盈，如同融化了的酥油。白象、莲花，这些藏传佛教中的鲜明符号，充满神奇的力量，令人遐想。

夕阳悄然退隐，大地渐渐昏暗。只有隆务寺的金顶，依然在朦胧的河谷里熠熠闪光。

2

隆务镇的一天是从隆务寺开始的。最先沐浴到黎明曙光的是夏日仓活佛佛殿的金顶，这是隆务寺的最高建筑。接着，隆务寺前的转经筒从沉沉的黑夜中苏醒。用黄铜制作的转经筒伴随黎明若明若暗的光线，在一个个信徒的手掌推动下轻轻旋转，顺着同样的方向，发出吱吱的声响，仿佛一支低哑的乐曲或者金色的河流的声音。很快，隆务寺前的广场上也有了响动，那是人的身体与大地摩擦发出的声音，在寂静的黎明中不同凡响。这个新建于 2006 年的广场，面积近 1 万平方米。广场中央雪白的大理石基座上，是巨大的绿度母铜像。我曾在灼热的阳光下，伫立在铜像前，久久仰视绿度母慈悲的面容。对我而言，那是一种神秘的力量，在藏区，它无处不在。据说，绿度母铜像落成典礼那天，广场上聚满了僧众和信徒，在无数双虔诚目光的注视下，铜像缓缓下落，就在铜像稳稳安放到基座上的那一刻，原本乌云密布的天空瞬间云开雾散，霞光普照。众信徒见状立刻伏地朝拜，场面十分壮观。

绿度母是救世大菩萨，是藏传佛教徒心中的神。每当晨光微熙，我们都能看到绿度母像前很多俯仰身躯的剪影，我想，每一个源自生命的愿望，就在这起伏之间，交付给了神灵。

当黎明的霞光从夏日仓活佛佛殿的金顶蔓延到整个隆务峡谷，隆务镇也醒来了。隆务镇是一个老镇，其生命可以追溯到久远的年代。因为与隆务寺紧紧相依，镇名也由此而来。其实，早在隆务寺初建时，隆务河两岸就有了由众多民居组成的村庄，可以说，隆务寺一开始就和村庄紧密相连，并没有远离人间烟火。而与隆务寺相依的隆务镇伴随着几百年的时光，也不断地被印上了与时代同步的符号。站在夏日仓活佛佛殿前的平台上，可以清楚地看到隆务镇的老城区和那条老街。这是青海省迄今保存最完好的老城之一。这样一片风调雨顺、冬暖夏凉的吉祥宝地，早在清乾隆二十九年（1764），就已商贾云集、贸易昌盛。我们很难想象，在那个车马萧萧、路途漫漫的年代，这个远离皇都的边缘之地，能有苏杭丝绸、江南瓷器、南亚珠宝、山陕布匹等大量的商品云集于此，与当地的饰品、皮毛、氆氇、药材等交相辉映，琳琅满目，令人眼花缭乱，足以见得隆务河谷的诱人魅力。

3

老街的出现与隆务寺六世夏日仓活佛洛桑丹贝嘉措密切相关。当时，隆务寺渐渐扩大的规模使僧侣数额逐年递增，日益兴隆的商业贸易让大量的外来人口迅速融入这方水土。我似乎看见在一个风和日丽的午后，年轻的六世夏日仓活佛站在隆务寺的高处，盛夏阳光照耀下的隆务河熠熠闪光，远处的街市，传来阵阵买卖交易的喧闹声，一个设想在他的大脑瞬间形成了。他决定在隆务河岸建造一条商业街。从这天起，活佛忙碌的生活里，又添加了一项内容。除了筹集钱款，他还四处招揽能工巧匠，在六世夏日仓活佛的支持下，一个高低错落，集商贸为中心的街市很快浮现在人们的视野里。街市落成后，先前散住在各处的商人都被迎进城内，更加便利地进行商贸交易。老街建筑装饰古朴、风格鲜明，南北两端的城门高大端庄。最令人感慨万千的是，短短一条街里，汉、藏、回、撒拉、保安、东乡等多个民族济济一堂。百余年的沧桑岁月中，他们和睦相处、同舟共济，在历史上演绎了一段民族团结的佳话传奇。

在人们无不惊奇的目光中，老街里又相继落成了佛教的圆通寺、伊斯兰教的清真寺，它们与藏传佛教的隆务寺相邻共存，成为中国大地上并不多见的人文景观。

老城里曾上演的这一幕幕历史画面，让我对六世夏日仓活佛的远见与包容胸怀充满敬意。如今，被我们频繁提及的“和谐”二字，其实，百余年前，就已刻写在了隆务镇的老街上。正是有了隆务寺的海纳百川，隆务镇很快就成为同仁地区的经济中心。

2012 年一个阳光炽烈的夏日，我在老街上缓步前行，试图寻觅一个多世纪前的历史踪迹。时过境迁，岁月的风霜雨雪早已使老街的许多影像滑落出我们的视野，一些老屋犹存,但人去楼空,容颜苍衰,昔日的繁华闹市了无踪影。这不能不令人像古人一样慨叹如流水般逝去的时光。不过，我们也同时看到了老街的另一种景象，它正在人们的努力下找回那渐行渐远的记忆。人们正在按照当年的式样重新搭建街边的店铺，黄澄澄的木料在阳光下闪烁着温润的光泽，整个街道四处飘溢着新木的清香，老街的两端又重新竖起了簇新的城门。我想，尽管老街是用新颜去重现旧貌，但它厚重的历史积淀依然会让它绽放出迷人的光彩。

4

清晨6点整，隆务寺护法殿一个窄小的僧舍里，年轻的护法殿管家丹增乔丹准时起床了。此时，他的小窗上一片朦胧，阳光尚未光顾。如果是冬季，护法殿这会儿还笼罩在沉沉的夜幕里。但无论四季如何嬗递，这个时间表已经深深烙在他的体内，永远准确无误。他熟练地整理好袈裟，用清水仔细洗净双手，便迈出僧舍。他先仔细地把院子打扫干净。然后轻轻打开供养着护法神佛殿的木门，清晨鲜亮的光线和洁净的空气迫不及待地涌了进来，安静了一夜的神像开始神采奕奕。护法殿是大国师罗追僧格创建。因为建殿的大施主是隆务囊索(地方官)，他被称为永（公家)，于是殿也就被称为“永”护法殿。在隆务寺，护法殿被安置在一个僻静的角落里，面积很小，除了摆放神像和神像前的供桌，留下的空间只能容下一个人磕头。丹增乔丹首先把扣在供桌上的七个银碗逐一摆正，银碗在他的手指间闪烁出晶莹的光泽。这些银碗，每天傍晚，把供养了一天的清水倒掉后，他都会反复擦拭，直到不留下一点水渍。接着，他依次向七个银碗小心翼翼地注满清水，再给那一长溜的黄铜碗里添满酥油，然后依次点亮它们。暖黄色的火苗摇曳起来，温暖了整个空间。现在，一炷炷敬神的香也缭绕起丝丝缕缕的青烟。阳光从东山顶上升起来的时候，他回到自己的僧舍，开始吃简单的早餐。我并没有看见他如何用餐，但可以想象他噘起嘴唇吹着滚烫酥油茶的神情。阳光慢慢地探进院子，隆务镇奏响了一天的晨曲。静谧的护法殿开始有了脚步声，一些信徒走了进来，用松柏枝点燃了煨桑炉，然后撒上黄豆粒大小的糌粑。淡淡的青烟袅袅上升，接通了信徒与神灵的对话。一股松枝与青稞混合的香气四下弥漫。他们双手合十，嘴里喃喃念诵着六字真言，跪倒在神的脚下。我看见丹增乔丹端坐在神像下方，手持铜锤，轻轻击打一面历经岁月的铜锣，不时将神的祝福传递给每位信徒。除了如来佛，护法殿里供奉的诸神我几乎陌生，丹增乔丹告诉我，如今的护法殿在1983 年重修，与原来的三世佛殿合建，主要供奉三世如来、格鲁派的大威德、玛哈嘎拉、吉祥天母、金刚帐、作业怙主等。

在护法殿小院的一面墙下，挂着一排五颜六色的手工布袋，看见我困惑不解，丹增解释说，这是每天来煨桑的信徒们寄放在这里的，里面装的是煨桑用的青稞糌粑。每天来到护法殿煨桑的人并不是很多，但如果遇到初一、十五或者重要的节日，那前来煨桑的人就会络绎不绝，把小院挤得满满当当的。那天我在护法殿的煨桑炉前才发现，用于煨桑的不只是松柏枝和青稞糌粑，还有白糖、牛奶和大红枣什么的。丹增乔丹今年 28 岁，却在寺院里生活 19 年了。他高大、健壮、面目和善。告诉我名字时，还不忘追加一句：我那个乔丹就是美国篮球明星乔丹那两个字。丹增乔丹出生在隆务村，家里还有个大学毕业的弟弟和上初一的妹妹，很多时候，他还能在经济上给弟弟妹妹一点帮助。

到了下午，护法殿里非常安静，丹增乔丹坐在他的土炕上，面前的小炕桌，摆着一台打开的电脑，在这个狭小的僧舍里，这可能是他张望世界唯一的窗口。不过，如今的僧侣并不陌生俗世生活，在繁闹的城市街头，身着绛红色僧袍的僧人随处可见。这些同时生活在两个完全不同世界的僧侣，我无法去感受他们的内心，对于我这个旁观者，那个世界神秘、隐喻、深不可测。但我还是有些好奇，忍不住问了丹增乔丹，“网络上内容五花八门，对你的生活可有影响？”他笑了,好像对我的好奇早已司空见惯。他说，网络使他学到了很多知识，对僧人的生活不会有任何影响，僧人有自己的清规戒律，他们会严格遵守。

5

早就耳闻辩经是藏传寺院的一大特色，却没有机会亲眼看见。隆务寺寺管会的僧人告诉我，隆务寺的辩经是每天下午 6 点钟开始。

下午 5 点，夏日阳光的灼热尚未消散，隆务寺里已经看不到四处走动的游人了，一些供游客参观的大小经堂和神殿小心翼翼地关闭了大门，在黄昏的背景中，渐渐安静下来。

辩经的地点在闻思学院经堂前的小广场，这是平日里僧人聚集举行一些小规模宗教活动的地方，面积虽然局限，但容纳个千余人还是绰绰有余。广场正对经堂，余下三面搭有遮阳挡雨的凉棚。时间接近 6 点钟的时候，天突然阴沉起来，随后就飘起淅沥的小雨。我举着伞，站在经堂门前的台阶上，离我几步远，是一个老外，脖子吊着沉重的相机，和我在等待着同一时刻。大约距离 6 点还有一刻钟，从寺院深处传来洪亮的铜锣声，有三三两两的僧人踏着铜锣的余音向广场走来，锣声响过三遍，参加辩经的僧人就差不多聚齐了，估摸有 200 余人。他们每人带来一个厚厚的棉垫子，整整齐齐地席地而坐。

对我而言，有关辩经的知识几乎为零，资料上介绍说：辩经是僧人学经的一种独特的学习方法。“辩经缘自古印度，它是藏传佛教的必修课，也是喇嘛提升佛学学位的唯一途径。它其实就像是藏区的佛教课堂，大家以口头辩论的形式提出论题，采用答辩的形式交流心得，接受质驳，得以明晰。”这就是说，僧人们不仅从师父的传授中学习经典，更主要的是在辩经场上通过辩论彼此印证，互相学习，进而达到对经论的理解和融会贯通。

正式辩经之前，主持辩经的喇嘛有一个长达 10 分钟的开场白，因为听不懂藏语，我只好在一旁抓拍喇嘛们聚精会神听讲的神态。辩经开始了，成双成对的喇嘛迅速填满了湿漉漉的广场，激昂或清脆的辩论声和此起彼伏的击掌声升腾起来，在黄昏的天际中汇合出一种独特的音响。藏传佛教的辩经基本上采用的是一问一答式，站者提问，坐者回答。问者声音高亢，答者声音从容，如果稍显迟疑，问者高举过头顶的右手掌，就会拍响向前伸出的左手掌。我发现参加辩经的喇嘛都很年轻，均在 30 岁左右。也就是说，喇嘛们必须拥有一定的学习佛经的年限和知识积累，才能有资格参加辩经。相对我们系统的学校教育，喇嘛们要想得一个学位，同样也要经过多年的学习和严格的考试。据说要获得相当于我们的博士学位的格西，需要 30 余年的发奋努力呢。

除了这些拉开架势，相互斗智的喇嘛，也有一些游离出这个场面，形单影只的沉默者。也许是需要思考或者年幼的缘故，几个稚气未脱的小喇嘛，还忘不了借机相互嬉戏打闹几下。我看见一个只有六七岁的小喇嘛，背靠红色的木柱呆呆地发愣，表情似乎有些忧伤，不知道是学习遇到了困难，还是想起了远方的亲人……

对于这些喇嘛，辩经无疑是检验他们学习成果、心智与能力的有效手段，这对不甘服输的他们，也是一种激励和压力。隆务寺每年还会举行大型的辩经会，参加辩经的都是精选出来的高手，那一人和多人对答的场面，一定会令人热血沸腾。

我离开隆务寺时，辩经还在继续，那萦绕在我耳际的辩经声，如同来自天外的密码，在渐渐浓密的黄昏中传递。

6

无论站在隆务镇的任何角度去眺望隆务寺，进入视域的首先是金顶红墙的夏日仓府邸。这座雄居高处，气势非凡的独特建筑，是隆务寺的核心。环绕着这个中心，隆务寺依次建成大经堂、小经堂、闻思学院、续部学院、时轮学院、护法殿、弥勒殿、文殊殿等 30 余座扎仓和大小殿堂，占地接近上千亩，寺僧多达 500 人。在整个青海地区，这样的规模也屈指可数。作为藏传佛教寺院，隆务寺融入了很多汉族建筑元素，但它鲜明的藏式建筑风格看上去依然灿烂夺目。很多年里，我在藏地的山水村庄间穿越时，最能诱惑我目光的正是色彩鲜亮的藏式建筑。藏传佛教寺院常常会在屋顶、斗拱、彩绘等处吸纳汉族建筑的精髓，但在外装饰和内装饰上，均显现出了自身的特点。特别是独具匠心的色彩运用，更是透视出了这个民族对信仰、对自然、对人生的独特感悟。

位于隆务寺中央的大经堂，是隆务寺最大也是最古老的建筑，由第二世夏日仓活佛创建于公元 1732 年。此后在漫长的岁月中渐渐扩展到今天的规模。大经堂庄严肃穆，色彩和谐，屋顶采用汉式歇山式，有利于光线的进入。建筑的主体为白色，这是雪山和牛奶的颜色，象征着善良和美好，深受藏民族喜爱。厚重的外墙上配有镶了墨绿色边框的藏式梯形窗、流苏的窗罩和彩色檐饰，赭红色的鞭麻墙上，装饰了金色的铜镜，还有殿顶上金光闪烁的宝瓶、法轮双鹿、法幢等法器，廊房墙面绘着四大天王像，大红漆门与虎头门环，这些元素组合在一起，构成了一种强烈的装饰效果和宗教的神圣感。

走过很多藏传佛教寺院，鞭麻墙总是十分醒目，在隆务寺的大小经堂、扎仓和囊欠等建筑中，鞭麻墙时时唤起我们对藏族寺院建筑的浓厚兴趣。鞭麻是青藏高原常见的一种野生灌木。筑建鞭麻墙的方法是将砍下的灌木枝扎成小捆，泡进赭红色的染液里给其上色，然后用铡刀剁齐，将根部朝向墙外的一端，中间用垂直的木棍将鞭麻固定在墙体中，最后将做好的外墙面用木槌拍齐，使毛毛糙糙的鞭麻墙看上去充满质感和力度。

我的目光尚未从大经堂外部的藏传佛教装饰符号中游离出来，又立刻笼罩在大经堂扑朔迷离的光线中，宽敞的大殿四周不设窗户，只有经堂顶部的侧窗投入一点光亮。昏暗中我看见无数盏酥油灯轻轻摇曳，照亮了宗喀巴大师巨大的镀金像。高达 12 米的宗喀巴金身塑像，需要我们仰视才能看见他慈悲的目光。在遍布全国乃至世界一些地方的藏传佛教格鲁派的寺院里，供奉的宗喀巴的塑像都是一样高大，所有的人都必须用同一种姿势才能与他的目光相遇。那塑像上的鎏金和镶嵌的无数颗名贵宝石光彩夺目，即使在黑暗中，也能让我们感受到来自他的光芒。藏族人对宗喀巴的尊敬，仅次于佛祖释迦牟尼。因此，宗喀巴圆寂的日子，也成为佛教中的一个节日。在西藏，每年到了藏历十月二十五日晚上，信徒们都会将点燃的酥油灯放在自家的窗台上，这一天被称为“甘丹阿曲”，意思是“燃灯节”。

我去拉萨参观大昭寺时，没有赶上这个日子。据说这一天环绕大昭寺的八廓街上桑烟袅袅，整个街道都是转经的信众，从他们口中念诵出的六字真言汇合成了一种令人震撼的乐曲声，在大昭寺的四周回荡。那一天，大昭寺的金顶上摆满了酥油灯。晚上 8 点整，6000 余盏酥油灯同时点燃，伴随庄严的法号，洪亮的锣声，僧人们开始高声念诵怀念高僧大德时才诵读的《米孜麻》经。此时，酥油灯的火苗将大昭寺映照的庄严通亮，寺外的庞大信众，静静驻足，双手合十默默缅怀宗喀巴大师。这样的场面足以令每一个人心生敬畏。

诵经大厅为藏式柱梁结构，百余根雕刻着金龙的红色巨柱排排林立，恍若进入了五彩缤纷的森林之间。从殿顶垂落到地面的五色幡幢和柱裙交相辉映，将大经堂装饰得富丽堂皇。除了供奉的释迦牟尼等10余座大小鎏金佛像外，周围的墙壁上，还挂有60多幅唐卡壁画，大多描述的是佛教故事。其中宗喀巴大师生平壁画，隆务寺祖师噶丹嘉措大师生平的壁画尤为珍贵。难怪有人说隆务寺里的雕梁画栋间处处显示着热贡艺术的惊人绝技。大经堂还在空间的大小、高低、明暗的设计方面都匠心独具，显示了藏族寺院建筑的艺术水准。据说大经堂里还藏有两幅高达30米的巨幅唐卡，用于隆务寺每年的晒佛法会。尽管我没有身临其境，但当巨幅的唐卡在绿草如茵的大地上，在灿烂的阳光下徐徐展开，方圆数十里的群众前来礼佛，想来那场面一定十分壮观。如果举行法会，大经堂可以趺坐1200名僧人诵经，我不知道那汇集合成的声响该是如何融化在大经堂稠密的空气里。

大经堂日复一日的宁静生活，曾一度中断在那个特殊年份里。壁画与佛像遭到严重损毁，只留下残破的外壳，在风中叹息。在经过漫长岁月的修复后，昔日的光彩才一点点回归到我们的目光里。

隆务寺的弥勒殿也是汉藏融合的典型建筑，屋顶为汉式三重檐歇山式，前廊下六根藏式朱红大柱格外醒目，大门两侧的墙面上镶有四大天王的巨幅唐卡，两厢东西墙上分别绘有阿尼玛卿山和阿米夏琼山神像。跨过门槛，高达13米的鎏金弥勒佛像立刻扑面而来，弥勒殿里抬头仰望，在佛像安详的目光注视下，我慢慢地感受到了心静如水，也感受到了自己的谦卑弱小。也许，这也正是宗教建筑的神秘之处，在将建筑自身和宗教意蕴合为一体的同时，也升华了信徒们对神佛的尊崇。

提起印经院，我相信每一位藏人都会想到德格这个名字。尽管它隐匿在四川甘孜一个道路并不通达的地方，但这并不影响人们对这个名字的敬意。据说百分之七十以上的藏文化典籍，都收藏在德格印经院中，它有三十多万块雕版、六千多块画版，其中不乏珍本、孤本和绝本的雕版。德格印经院之所以盛名远扬，主要是它的印版、制墨、造纸均采用传统技术制作，其制作流程十分严格、复杂、考究。德格印经院只在特殊的时间段里印经，所以并不是每一个前往德格的人都能目睹到匠人们雕刻印版的场面。我没有去过德格，但我驻足在隆务寺的印经院时，却不断地想起德格。这是因为德格印经院在历史风云变幻中奇迹般地得以保存，也许正是偏远的地理位置成为德格的保护屏障。隆务寺也曾典藏有大量数百年间积存下来的典籍刻板，极其珍贵，却在“文革”中全部被付之一炬。现在我们看到的这个印经院是在1992年由第七世卡索活佛罗藏久美成列重建的，也叫卡索如意法雨印经院。卡索活佛曾四处搜求残存的孤本、珍本、秘本，印经院里如今保存的两万余块经版，是僧侣们在20多年里一点点刻成的。这个藏传佛教文化的宝库，对文化传承功不可没，为此黄南州政府多次拨款，对隆务寺的藏经楼进行维修。

在隆务寺四周，还围拢着90余间僧舍，藏语称作“扎康”。僧舍的样式非常简单，是由土木结构的平顶小屋组合的四合院，里面设有佛堂、起居室和厨房，外墙全部为统一的白色。这是按照格鲁派的规定，僧舍一律不许建楼房起脊，也不准彩画油漆，这样，素净的僧舍与金光闪烁的佛堂强烈反差，更加突出了主殿的华丽与威严。僧舍隔开的小巷曲径通幽，穿行其中，我突然会感到时间的停滞。

佛塔是寺院建筑无法缺失的一个重要部件，不同寺院的佛塔，只是在规模、数量和大小上有所差异，佛塔的位置明示了佛塔的作用。“八塔”是格鲁派寺院建筑的标志。为纪念佛祖释迦牟尼一生的八大功德，我们可以看到在隆务寺北面，矗立着八座佛塔，和著名的塔尔寺的“八塔”取自相同的名字与寓意。在整个热贡地区，人口密集的乡镇或村庄，与寺院相依的各种佛塔随处可见，它们色彩绚丽，造型别致，在藏区享有盛名。距离隆务寺不远的郭麻日寺，我见到了有着安多藏区第一佛塔美誉的时轮金刚塔。听说这座塔高 33 米，塔基周长 33 米，塔心藏有十世班禅大师袈裟和生活用具的巨型藏式佛塔花费了 5 年时间才得以建成。此刻，佛塔伴随着夕阳的西下，幻化成一个巨大的剪影，远远望去，恍若一个沉默不语的智者。

7

谈论活佛这个话题对我是极其困难的，大脑里除了能浮现出神秘这个词似乎还是神秘。隆务寺里现今拥有佛学造诣高深的活佛 10 余位。其中最大的活佛是寺主第八世夏日仓·旦增久美噶旦大师。活佛转世是藏传佛教特有的传承方式。一世夏日仓·噶丹嘉措于 1607 年诞生于隆务家族，被认定为隆务祖师三木旦仁钦的转世，从此夏日仓活佛系统就延续到了今天。

早晨 9 点钟，我如约来到八世夏日仓府邸。高高在上的宫殿金顶红墙，飞檐高翘。屋顶正脊的三宝瓶，四面角脊高昂的龙首。宫殿底部的藏式鞭麻墙，上面装饰着六字真言的铜镜和盲窗，都使这栋合璧藏汉建筑风格的宫殿看上去超凡脱俗，庄重华丽。站在活佛宫殿前的平台上，整个隆务寺尽收眼底。而宫殿下的活佛官邸，经过历代夏日仓的扩建、重建，规模逐渐扩大，这座含有红、白、黄、黑、绿五色的二层建筑，与活佛宫殿相互映衬，暗示着主人独特的身份。

在早晨清新的空气中，沐浴在这样的境界里，等待拜见夏日仓活佛，也是一种前所未有的体验。大约过了 20 分钟，看见大管家站在活佛府邸二楼的走廊上向我招手，意思是说：我可以见活佛了。

八世夏日仓手捧哈达站在接待室门口迎接，这是我生平见到的最大的活佛，不免有点紧张，但这种感觉转瞬即逝。上午和煦的阳光普照在宽敞的接待室里，淡淡的酥油芳香在空气中流动，夏日仓活佛用流利的汉语表述的佛教思想就在这样安详的气息中，一点点地传入我的耳际。“国土净、众生安、天下平是佛心所愿。佛法教人正确认识人生和世事，正确对待自己和众生世界，培养美德和慈悲心，开发明察事物的真智和正确处世为人的方便智慧，达到利众和利己的目的。佛性就是知性，佛行就是善行，佛佛相传，善行不已，这是活佛和僧侣的本分。”

1991 年 10 月，是个祥瑞的月份。同仁地区的僧俗群众亲眼看见了八世夏日仓规模盛大的坐床庆典。他诞生在七世夏日仓贤侄久美环觉的家里，据说出生时就显现出诸多祥瑞。在省城西宁完成的小学学业，为他打下了良好的汉文基础。被认定为七世夏日仓活佛转世灵童后，他开始从师学习藏传佛教文化知识，先后在青海佛学院、北京中国藏语系高级佛学院深造，系统学习了显宗、密宗的各类佛学经典。我曾在图片上看到八世夏日仓在藏地弘法的一些场景，其中，最著名的时轮大灌顶是藏传佛教格鲁派的一个盛大佛事活动，对灌顶上师的条件要求非常严格。正式法会一般 4 天时间，但需要花费很长时间进行精心准备。从 15 岁起到今天，八世夏日仓的时轮大灌顶已经举办了 7 次。其中，最大规模的一次聚集了 10 余万人，辽阔的草原上扎满了色彩斑斓的帐篷，膜拜的信众排成绵延数里的长龙，等待八世夏日仓赐洒圣水。据说每一次的时轮灌顶大法会天空都会出现彩虹、花雨等瑞兆。这样的场面早已超越了我想象的边界。

隆务寺每年大小佛事活动很多，可我一次也没有亲历。很多年里，我始终感觉那是神的世界，俗人只能隔岸观望。具有规模的主要有农历正月的祈愿大法会、三月的尼丹（护法神）法会、九月的降凡节（释迦牟尼佛祖下凡人间）和十月的五供节（纪念宗喀巴大师圆寂）等。特别是隆务寺的“羌姆”在青海省格鲁派寺院中影响很大。不但带有节庆的热闹,还极有看头。其中,“六臂金刚舞”和“法王舞”,表演者头戴面具，身着华丽戏剧服装，手持如意法宝表演护法、赞神、斩魔等内容，节奏很快，动作幅度较大，即带有浓厚的说教意味，又有鲜明的青藏高原舞蹈艺术的色彩，不但深受远近僧俗群众的喜爱，还吸引了大批摄影爱好者和游客的眼球。

作为隆务寺最大的活佛，八世夏日仓十分忙碌，我知道自己没有条件记录下他一天的生活，只能凭借他简单的表述去想象他密集的时间表。每天早晨起床后先做早课，用过早餐后开始学习，11 点左右接待源源不断来访的客人和请他解决各种问题的群众。然后他需要占用大量的时间到各地做法事、讲经，参加社会活动。但即使再忙，他也会抽出空来关注新闻和国家大事，他是藏区最早用上电视和电脑的活佛。从交谈中我可以感觉到八世夏日仓开明、博学，佛学理论和现代知识造诣深厚。和活佛交谈时，你还会不时听到他埋伏在某些句子后面的笑声，单纯、快乐，很快就能将你感染。我还准备了一些问题想请教活佛，管家却推门说，你的时间到了。我只好起身与活佛告别，出门时看见门外确实有很多人在焦急等候。

我知道我无力讲述隆务寺，更无力讲述八世夏日仓活佛。隆务寺近千年的冗长历史，对我犹如无际的大海，那么深，那么远，让我无法靠近，更无法触摸到它的内核。这些文字，只能算作站在俗界里的我对这个神奇之地的一种感觉、一瞥充满敬意的目光，或者可以说只是我了解藏传佛教的一个神秘入口。

马海轶

沿着湟水向北向西

马海轶，生于20世纪60年代。大学期间开始诗歌创作，有诗歌、小说、散文、文学评论发表在《诗刊》《星星诗刊》《美文》《上海文学》《诗歌月刊》《诗选刊》等国内外汉语文学报刊，作品入选《中国九十年代诗歌精选》《新世纪诗典》《读诗》《中国西部人文地图》《中国西部散文精选》《青海，我的家园》等百余种国内文学选本和中央电视台《电视诗歌散文》《中华长歌行》;主要作品有诗集《秘密的季节》、散文集《西北偏北的海拔》、文学评论集《旁观》;作品先后获青海省文艺创作政府奖、青海青年文学奖、青海文学奖、中国电力文学奖等；系中国作家协会会员，青海省作家协会副主席，青海省文艺评论家协会副主席，青海省诗歌学会副会长，中国电视纪录片学术委员会会员。

沿着湟水向北向西

1

湟水是黄河上游的支流，发源于青海省的海晏县，流程 374 里。河流两岸星罗棋布着无数村庄，西宁其实就是其中最幸运的村庄，它在湟水旁小心翼翼成长为一座有百万人口的都会。无论你要出发寻找世界，还是在旅行归来的途中，只要走过西宁火车站前的水泥桥，你就与这条河流相遇。同那些声名显赫的大江大河相比，湟水显得孱弱和孤单。即使如此，眼前的河流比远方的大江更为重要，不信？几千年前庄周时代那条著名的鲋鱼深有体会。

那条濒死的鱼向庄周请求一桶活命的水，可庄周答应见了南方的君王后，他引西江的水来救它，鱼感到绝望。湟水的重要在于它靠近需要水的人民。因此，流域内的人民称它为母亲河，不仅显得情真意切，而且是理所当然的。

“湟水谷地”不仅是一个地理概念，而且意味着丰富的人文意义。绵延几百公里的谷地里，高高低低人工种植的树木“领导”着茂盛的植被，它们共同构成的景象壮观美丽，适宜于人类、鸟类、兽类共栖，人们由此为基础创造丰富的文化，应该说“湟水谷地”的一切繁荣，都来自湟水。一条小小的河流滋润土地，生长植被，形成气候，为人类改造现实提供条件，最后成就了自己“母亲河”的形象。

我在想，个人、群体乃至一个民族成长的诸因素中，是否存在一种像河流这样起决定作用的因素？我们能否通过沉静而缜密的内省看见它、引导它，使它滋润我们的生命？我的思绪顺湟水而行，因此结识了更多的河流。

孔夫子坐在高处，面对眼前的滔滔洪流，完成了对自己生命历程的沉思。河流的美丽在于它的涌动，它的变化常新。“逝者如斯夫”并不一定就是悲哀的叹息，它或许可以理解为：岁月消逝如同河流，迅速而美丽。河流真的消逝了吗？河流日夜流去，但河流永恒；人类一代一代逝去，但人类也永恒。河流证明人类，人类叙述河流。

“登高壮观天地间，大江茫茫去不还。”李白吟得豪迈，但豪气中透着人类的孤单，河流去后，天地间只剩下人，更确切地说是诗人。既然江河茫茫，去而不还，不能做人们悲欢离合、荣辱兴衰的见证，那么，就只有人来主动承担自身的命运了。这是人的不幸，也是人的幸运。

但在兰斯顿·休斯的《黑人谈河流》中，河流愿做黑人历史的见证，河流深沉而古老，悲哀而雄壮，它的证词因为超越了人类的政治、律令、文化、道德，而高悬于我们之上。

现在，又是雨季，河流平静地流过谷地平原，平原上是即将成熟的麦子。许多被河水涛声触动心弦的人们，都会体会河流的恩情。他们在岸边长大，河水声伴着他们的少年岁月，涛声呼唤他们从梦中归来，无论欢乐还是悲哀，都要与河共同承担。一生经历过诸多的苦痛和磨难的人，坐到河边，看着流水，就会慢慢地澄明透亮起来，仿佛河水能够洗刷胸中的郁闷。

这里，我想提醒自己的是：人类的沧海桑田连着河流的沧海桑田；守望自己家园时，我们当然在关照河流的历史；大历史才让人睿智。我还想领悟并记住：生长在河流身边，无比幸运。

2

巴燕和海晏这两个地名染着西域色彩，在它们中间的“岳家村”车站，却有极强的汉文化意味。岳家村地处群峰环抱中一块平缓的高地上，两坡的房屋与青海低矮平顶的房屋建筑式样大为不同。我猜想，它恐怕是内地来的流民创建的定居点，而且在这个村子里，以岳姓为主。

传说，我的祖先也是从四川迁徙到甘肃中部的。因此，我多次神秘地想象过流民的生活情形。他们挈妇将雏，担带家当，时走时停，风餐露宿。每当夜幕降临时，大人小孩围在篝火周围。在诗意的描述里，他们或者静穆地打坐，静观自己的内心，或者围着篝火，在欢声笑语中跳舞到深夜。可实际上的情形可能与想象恰好相反，妇女总是唉声叹气，甚至低声啜泣，而小孩在相互诅咒，只有家长（或头领）悄悄离开大家，面对无边的夜色，蹙紧双眉，他一遍又一遍掂量肩上的义务、责任和权力的分量，他一遍又一遍揣摩每一个选择带来的变化。我的祖先和岳家村的始祖徘徊在命运的十字路口。

而且，最关键的问题是：那些人为什么离开自己祖祖辈辈繁衍生息的家园，仓皇起程，去寻找一个谁也无法把握的栖息之地的呢？其原因必然比人们对故土的感情更为复杂，更为深刻。它关系的肯定不是个人的荣辱兴衰，而是家族的生死存亡，穷困、霍乱、兵燹或仇杀面前的弱者选择了突围和长征。岳姓人从前的记忆中断了，史诗和更为艰苦的历程开始了。

现在我关注的将是下一个问题，先民们将要选择哪一片土地供养自己的土神和谷神呢？几十年以后，当我从有关地理文化的典籍中收回自己的目光，重新审视祖先们为自己选择的新家园时发现："岳家村"不是他们情愿的选择，他们结束长征不仅比我们今天歌颂"长征"要困难得多，而且比当初开始长征还要困难。因为视野之内，没有河流和茂树，没有炊烟和生灵，他们能够自由拥有的只是破碎的河山，灰暗的黄土，视野之外都是徒增绝望的苍茫。他们缺少停下脚步的任何理由却不得不说服大家停下脚步，修建第一座房子，凿出第一眼泉水，孵出第一只雄鸡，并将姓氏作为记号刻在荒漠的边缘。

最为悲壮的是家长，他的任何对话都是在自己和自己的灵魂之间进行的。数百年后，我们只要看见"岳家村"这样的名号，就仿佛看见他们穿越岁月而来，倾诉自己的孤单无助和悲壮感慨。

也许岳家村没有这样的历史，它既不是先民最后的选择，也不是我们最初的家园。但无论如何，在大漠孤烟的远镜头中，当我经过漫长的旅程，到达这个以普通而神秘的姓氏命名的站台时，我还是油然而生一份亲切、一份敬意。

3

西宁以西，田园渐次辽阔，茂盛的白杨树列队将庄稼地切割成块状。内地的人们使用的白杨，所以，它们生长年限不长，六七年左右，碗口粗细时就被砍伐，据说过了这个最佳时段，它们的木质就变得疏松。而西宁以西的人们，似乎并不着急利用，把白杨当作纯粹而永久的风景。所以这里的白杨，树干很粗，旧枝节上有机会再生出新枝杆。到处的老白杨，自由又奔放。

这一排排的树长在很远的西北，风餐露宿却坚定，不畏风雪而忠诚，长啊长啊，终于塑造了自己的形象。能成就自己形象的都是主人，这么多蓬勃的主人，占领这块土地，昼夜无眠，四季不息，用千千万万的叶子迎接阳光和雨露，又把力量传达给人类，我们由此获得空前的踏实。

车入海晏，河湟已尽。极目望去，远山依稀，山体高大，山形却柔和，直到顶部都是耕地。山坡被不同的作物划分成一绺一绺的，黄的是油菜花，青的大约是土豆，白的是燕麦。因是横向划分，颜色左右延伸，所以圆圆的山包披着彩色的头巾。这个比喻，使火车行进在少女的耳鬓之间，行进在彩色的头巾之间，我不是浮士德，但我也禁不住要说：“真美呀！”

记住这人间景象，如同记住曾经的向往和追求，它将成为寒冬里最温暖的回忆。继续向西，我将重温过去的经历。重温是人生重要的部分，保证着生命的连续性、一贯性，它说明的真理是：我们活在有根有据、有始有终里，我们既在寻找的路上，也在回归的途中。

车窗外下雪了，它来得如此突然，千朵万朵从虚空飘落，自由自在，无拘无束，没有条件，没有选择地落在铁道两旁紫黑色的草原上。远处的雪山更加苍茫，孤单的列车陷入回忆之轮，陷入草原的空旷寂寥和不可避免的梦幻之中。

天地是一对伟大的情人，它们用轻风白云倾诉着甜蜜，用晴天丽日表达着欢畅，用雷鸣电闪、风狂雨暴交换激情。天空赠予大地星辰，大地献给天空露珠；天空中泻下柔和的阳光，大地上显现出植被和花朵；天空显示它的博大，大地因之而辽阔。那么下雪呢？我想下雪的时候，这对情人必定怀着淡淡的忧伤，轻轻地诉说——那久远的心事，永恒不变的爱恋——诉说它们穿越了千秋万代，诉说思念覆盖了江河大地，我们就在这场伟大的情感中徜徉。

4

火车停在一个小站，我没有看见站牌，难道是一个无名小站？不，人们总是急急忙忙给万事万物命名，最后，自己也被陷在名称的迷宫中无能为力。我想走出迷宫，引领我目光的是列车员。敦实的小个子，深而黑的眼睛，典型的“劳累而健康的人”的形象。

列车员伴着人们度过漫长的旅途，他们是一段光阴、一段想象、一段故事、一段人生。列车员和旅客各自忙碌，有一天偶然相逢，漠然分手，我相信很少有人注意这种既在情理之内又在情理之外的巧合；终于在另外的场合，人们的记忆中或许会突然出现一个人的面容，一个人的言谈举止，由此他们在意想不到的地方获得了收成。我还得命名：一个列车员就是一刹那的美丽。

车继续向西，我身边一位消瘦而疲倦的铁路职员提着他的铝饭盒站起来，他想对我说点什么，但终于没有说，摇摇晃晃向车厢尽头走去。看着他的背影的瞬间，我才发现自己多么渴望了解他：他有一个什么样的名字，他有怎样的儿女？什么样的屋宇、什么样的爱人等待下班回家的他？在这条越走越高、越走越寂寞的路上，他每次都在回想着什么？可我竟没有和他深切交谈起来，我想起惠特曼的诗：

当我们互相交错而过的时候
一切都回忆起来了
我决定等待热爱的贞洁的成熟的
我决定等待我不怀疑
我一定会遇见你
我一定留心不要失掉你

现在，我丝毫不怀疑人生就是一次旅程、一场梦幻。我们深入其中，漫游不止，它的真实性产生了无数生活中的能工巧匠，而它的神话性产生了诗人和哲学家，对它浑然不觉的人感到了无聊。

人生旅途，反复询问自己才醒悟，每个人在幻境中都有一个位置，寻找的过程便叫生活，那些好高骛远的人，那些对生活缺乏合理理解的人，只配充当幻境中的一抹尘埃，灰暗，沮丧，跌落在黑夜的底层。我再次提醒自己，我们与生命遭遇，已是幸运，让我把它带到更远更远的地方吧。

人在旅途，回首往事，感慨万千，有感慨就有幸福。无论我怎样普通，怎样微不足道，我都会明白:活着不容易，活着需要百倍的努力。同时我不可以放弃所有的美好与美丽：一片天、一块地、一棵树、一朵花、一穗麦子、一位列车员，铺满视野的雪和雪里埋着的种子……

5

告别湟水谷地最后一批杨树和汉式村落，列车继续西行。在我亲切的回想中，列车越过一个小站，在我用目光急切搜寻站牌的间隙，列车已在草原行进了。

我以为，在人的一生中，最好有机会看到并深切地体会几种伟大的造化，比如大海、比如沙漠、比如草原，在它们展示的魅力面前，人就有可能清楚地读懂时空的辉煌并给予生命以诚挚的关怀。事实上，截至今天，我还未看见过真正的沙漠，曾在滨海城市的阳台上远远眺望过大海的边缘。而我熟悉的草原，曾让我徜徉在它的辽阔和深邃之中。现在，我再次乘坐这列孤单的火车，深入草原。

在这里，草扶着草，马挨着马，河流沟通河流，壮观的生命，相互依存成为普遍，绵延数千里；看不见的命脉，荡漾在时空的摇篮里，一波一波，亘古不息；硕大无朋的鸟，悬浮空中，像一面旗帜，也像是思想或信念的象征。也正是在这里，我对人类的力量和创造产生了前所未有的信心。我想这个星球上的任何地方都要由人来认识、领导和建设，只有人的参与和认同才能促成它们真正意义上的诞生。

青藏线给我的启发就是一个佐证。草原古老洪荒，辽阔广大，无论野马的驰骋、苍鹰的飞翔，无论地震雪崩，都不能改变它的面貌。但人类修建的一条铁路却无可置疑地使它发生了变化，纤细的铁路笔直地、坚定地伸进草原的腹部，那种一去不还的情景，甚至有点悲壮。从这条铁路开始，有了车来车去，有了路南路北，生活有了起点和秩序。更为重要的是：缓慢而威严地爬进草原的每一列火车，不仅改变了它的停滞不前，而且暗示了它的发展的方向。对于草原来说，这种启蒙和召唤是必要的，因为它最终必须汇入人类先进文明的恢宏合唱。

从这个意义上说，草原车站——那些浅红色的房子便是一种重要的标志，说它是分界点显然不当，恐怕它更接近于铆钉。正是在这里，远古与当代、荒蛮与文明、物质与愿望，留守与开拓紧紧缝合在一起。对于草原车站的意义，认识最清醒的莫过于带着精神气质的漫游者。设想他们被列车抛在草原上，面对孤零零的红砖房子时所产生的感慨，或者他们走进那些房子，坐在粗糙而冰凉的长条木椅上，回想来路，回想都市里林立的高楼，他们的心情该是怎样的？是喜悦舒畅，抑或是悲壮苍凉？无论如何这些情绪将赋予草原一种新的意义，就如同乐手面对乐谱，号手凝视着自己的号子。

6

西行的列车绕了一个很大的弯到达“巴燕”。“巴燕”大概是藏语音译，虽然不知道它包含的意义，但它清脆悦耳的读音已是一种享受了。

依着纷乱的山石，人们修建了几幢房屋，但它们的大部分被质地松散、参差不齐的短墙遮蔽着。有零零星星的杨树，树干纤细，树冠渺小，枝叶稀疏，这可能是这一路上的最后一批杨树和汉式村落了。想到此,我顿时有点伤感。

我们的祖先选择家园时，必把水草丰美、树木茂盛作为重要的参照,这样,春天他们便问:“不知细叶谁裁出”？夏天他们则看见“漠漠水田飞白鹭，阴阴夏木啭黄鹂。”

对于他们来说，秋是丰收的季节，秋是诗的季节，“天边树若荠，江畔洲如月”的景色一派空旷、澄明和透彻，而这不是秋树的全部，更有那“无边落木萧萧下”的壮观和悲伤。我不知道，真正的悲哀为什么总是和壮美联系在一起。

有树就有人，有人就有安慰和力量，即使那人是敌手也罢。因为只要有树木，我们流浪这世界时，就不至于陷入完全的孤单：“落叶他乡树，寒灯独夜人。”这树不就是在灯光以外的黑暗里守着游子吗？他怎么能称作“独”？

而我们可以更主观地直面树、体察树、依靠树。在一部电影里,毛泽东痛失爱子,吟咏庾信《枯树赋》里的诗句：“昔年移柳，依依江南；今看摇落，凄怆江潭；树犹如此，人何以堪？”彼情彼景，弥漫了人生的沧桑。我紧挨着那创造“休”字的祖先，似乎领悟：在寻找生活的道路上，人只能倚靠着树木喘息。

“月明星稀，乌鹊南飞，绕树三匝，何枝可依”，被内陆的繁华所抛弃的人们，被海的波涛所吸引的人们，在经过这最后几棵树一去不返的时刻，是否如我一般的伤感？是否和疲倦的乌鹊一样感到了十分的依恋、十分的凄凉和十分的欣慰？

7

陌生人疲惫的身影在车厢尽头消失，茫茫人海，我与他几乎没有再次相遇的可能。双寨车站就是在这种若有所失中悄然到来的。

“双寨”确像是汉族村落的名称，相当于内地的“双店”“双岔”。我的故乡陇中低河一带比较大的自然村落常分成几部分，例如“上窑湾”“下窑湾”，总称“窑湾”；“杨家坪”“杜家坪”，总称“双坪”。据此类推，或是种姓，或是族别，或是空间，把一个寨子分成了两个部分，而这两部分，均匀地分布在秤杆的两边。

中国人的种姓、家族斗争历来是激烈甚至是残忍的，未有“双寨”这个名称之前，两部分（一个寨子和另一个寨子）之间究竟发生了什么？是否可以概括为“共存—矛盾—忍耐—斗争—沉默—斗争—反思”，最后双方首领在“双寨”这个名号下达到共识，然后转向心平气和，转向农业、商业和牧业。有些人把自己的子女送出了双寨，留在寨子里的人按照习俗生老病死。

将人们在斗争中失去的健康、安宁和获得的名号相比较，孰轻孰重？有意思的是：让双寨以外的人看来，两部分曾经的斗争仅仅是同室操戈，兄弟相争。

双寨的下一站就是扎麻隆，站名的风格突变。“扎麻隆”是否是藏语音译？一想到它在藏语或别的语言中还有意义，一个人物、一个故事、一场爱情或战争都有可能隐含在这简单的音节中，我就禁不住要好奇。

天峻县乃河乡乡长迦宝应该能解释这个词汇。他的高个头，匀称有力的肌肉，简洁的身形。他与大部分藏族不同，竟然不善饮酒，而且看起来文质彬彬，他常捧着厚厚的藏文书沉思，提起学问，滔滔不绝。听人说，他已将自己著的一部有关藏医学的书稿寄往中央民院某教授审读。噢，他是我在天峻县见过的最博学的人。这绝对是草原上一种另类的豪迈。

那次的会面至今记忆犹新。迦宝家的藏狗高大凶狠，我们绕着狗和院子里堆放的杂物走进屋里，桌上瓶子里插着一束醒目的塑料花，其余的地方，到处散放着书。那些书中，汉文书只有海西州文联办的《瀚海潮》期刊。

正如传说中一样，他热情地讲解了我提出的问题。他可能是一个好乡长、好学者，但他不是一个好老师，他所讲的大部分东西，我根本无法理解。他那天启蒙我的常识中，我还能记起的只有一点点了：在藏文化里，月亮或太阳总代表“一”的概念,而“目”代表“二”,因为在世界上，月亮或太阳都是独一无二的，而每个人都有两只眼睛，其实这种记数方法接近于汉语造字方法里的指事会意。正如汉族博大精深的文明建立在简单的象形、会意、指事等文字之上一样，藏族灿烂而深奥的宗教教义也建立在这种单纯具象之上吗？

迦宝所在的乡距县城有五六百公里，一旦进了乡，少则一月，多则半年，再不能出来，这次能否见上他？他能否指出“扎麻隆”的确切含义？

车停在湟源，这里谷地辽阔，林木繁茂，庄稼碧绿，一派富饶的农业区景象。湟源，顾名思义，就是湟水发源的地方。人们都这么喊，人们也都这么想。可我翻开自己小小的地图册时，发现代表湟水的那条蓝线一直可以上溯到青海湖以北的茶拉地区，那么是命名者错了？

也许在湟源的附近有一眼更大的泉，它的加入使湟水真正成为一条河，人们为了肯定它的功绩，命名它为“湟源”。也许有一位命名者，从黄河和湟水交汇的河口南沿湟水上溯，他穿过民和，乐都，西宁，湟中，最后站在湟源朝西瞩望，只见苍山如海、残阳如血，他说：我再也没有勇气走下去啦，这就是湟水发源的地方。这个人缺少一种勇力却有另一种勇力，这个人聪明和幽默，这是一个让人喜欢的命名者。

申中车站坐落在一个倾斜的草坡上，火车“吭哧吭哧”费了很大气力才爬到那里。记得第一次到青海，我就是在这里开始认识高原并被它的气魄所震慑的。在申中，你放目四眺，四周站满了高入云霄的大山，它们白色的帽子，铁灰色的脸面，既认真又冷峻地注视着你，使你不敢掉以轻心。

平原上飞龙般风驰电掣的火车，在这许多高山面前，却更像一只小小的甲虫，缓慢地朝上蠕动。还是第一次经过申中到海西，已是初冬，草原上显得潮湿和迷茫，铁路两旁的铁丝上挂满了水珠。偶尔一匹两匹的马，仰起头颅把自己灰褐色的坦诚的眸子转向列车，我们向它招手，它却不为所动，依旧的专注，依旧的忧郁，仿佛它们都觉得只有自己才是来往于群峰之间的精灵，是草原的主人。

到海西大草原上观光猎奇的人，大约在申中就可以得到满足，因为他看到了又高又陡的雪峰，看到了缓慢起伏着的草场，还有零散的帐篷和成群的牛羊。他们在这里绝对能感受到那种和城市截然不同的静谧，肃穆苍凉和广大的气场。他们若还不满足，继续深入，那么，静谧将变成死寂，肃穆将变得恐怖，苍凉将变得悲哀，广大将变得绝望。一个人喜怒哀乐的情绪在无比辽阔的空间中变得微不足道，如果他要执意挥洒，甚至会显得滑稽。所以，在海西能够快乐地生活八年十年的人，必有比海西的空间更博大的胸怀，他的耐心，战胜了困难、孤独和时间流动的缓慢。

列车距离湟水谷地越来越远，在黄玉，我们终于看见一片青色的“海”，传说中是大智者白马江乃的神井。智者用它成就了自己的光荣，但它也导致了智者的灾难。不管怎样，神井与智者的神话是美丽的。唐代，这片“海”周围是一片广大的战场。王昌龄俯视西部中国，选择青海湖、祁连山、玉门关、楼兰成就自己的七言绝句：

青海长云暗雪山

这是历年征战的背景，也是将士们累累白骨的背景，是灰暗还是辉煌？当王昌龄一捋胡须，铿锵地说出这个背景后，一千两百多年来，人们都迫切地等待他下面的诗句：

孤城遥望玉门关
黄沙百战穿金甲
不破楼兰终不还

我们不难明白，在王昌龄的诗里，青海湖是辉煌明亮的背景：踏着白骨，开拓疆土。

而在当代中国的版图上，那块黛色的行政区上，大写着“青海”，它源于一片湖泊，一句诗，一个神话。

从黄玉到吉尔孟，列车行驶两小时，一直沿着青海湖的东北边缘行驶，昏昏欲睡的旅客在形形色色的浅梦中不能自拔，有人开始高原反应。

8

列车穿过一个隧洞，接着又是一个隧洞，之后向第三个隧洞挺进。“火车才从隧洞出来，又进入隧洞。”写到这句话时，我突然想起另一句类似的话："我从黑夜里走来，再回到黑夜"。隧洞外瘦石裸露的山体，离车窗极近。面对线条分明，颜色沉着的石山，我禁不住地惊叹和赞美。

人类在湍急的河流上架桥，在坚硬的石山中打出通道，人类甚至可以在园林中造一座玲珑精致的假山。但人类绝不可以再造一座西部这样雄伟的石头山。古往今来，英雄人物野心勃勃，叱咤风云，但他们的头脑并未发烧到再造一座与五岳媲美的名山的地步。所以毛泽东在自己的诗歌中蔑视他们"只识弯弓射大雕"。毛泽东希望通过"天翻地覆""改天换地"把自己与历史上的封建帝王区分开来。但这也是一种与造物主掰手腕的冒险游戏。他推崇猴子孙大圣，一是泼猴身上持续的造反精神；二是泼猴无穷的智慧和勇力；三是猴子由此及彼、从无到有的变化术。四是猴子的分身术。这样一个崇尚孙悟空的政治家，在他的一生里，的确尝试了许多堪称伟大的事情，"战天斗地""改造自然""敢教日月换新天"。但即使如此想象力喷薄的人，也从未号召大家再造一座喜马拉雅山。他只是跟造物主做掰手腕游戏，他知道自己不能取代造物主。因此我的惊叹和赞美是对山的创造者发出的。

那么，山的创造者是谁呢？有人说是神，有人说是地壳运动，有人说是亘古绵延的时间。有人笼而统之说是大自然的演变，总之，这个创造者具有的大胸怀、大手笔是人无法想象和企及的。

“火车才从隧洞出来，又进入隧洞。”一个又一个隧洞，对我来说，只是短暂的黑暗和重复吗？如果是这样，为什么我身上产生了另一种迥然不同的体验？为什么我内在的潭水里起了波澜？有人说：“太阳每天都是新的”，有人说：“太阳还是昨天的太阳。生活中没有什么东西能留下来，只有重复，单调的重复是真实而永恒的”。

我认为，持第一种说法的人是不诚实的，否则，他或许是盲目的乐观主义者，而盲目乐观主义既不清醒，也难以赢得人们的理解与同情。第二种说法有合理的成分，譬如爱情在重复中形成了法则或模式，然后被固定下来。人类的许多活动无不是先尝试，再实行，再坚持，再决定它是消亡还是永存。那么，重复是绝对的吗？一个隧洞和另一个隧洞，一场爱情和另一场爱情，一种人生和另一种人生都是重复吗？在一般人眼里，星星差不多是永恒的，那么一颗星星是另一颗星星的重复吗？太阳是怎样重复自己而保持永恒的？我当然不喜欢喋喋不休提问的人，我忍着对自己的不满而发出喋喋不休的提问，这样才能回到光芒的中间。

列车走出第七个隧洞，车身沐浴在温暖明亮的阳光里。远天碧蓝，白云悠闲，我不由得产生感恩的心情，再次想起诗人海子，他说：

阳光打在地上
并不见得
我的胸口在疼
疼又怎样
阳光打在地上

阳光普照带给诗人痛苦、感恩的疼痛，无以回报的疼痛。世间有一种人永远感觉不到这种疼痛，而有另一种人却在疼痛中走过一生，到了死亡的那一天，两种人获得的心境、资格和道路必将不同：前一种人没有灵魂，变成泡沫或雾气，消失在阳光初升中；后一种人的灵魂飞回星星们中间。星星与尘雾的区别在于：星星发出光明，尘雾像阴暗的布幔，罩住我们的心灵；星星高挂苍穹，经久不逝，而尘雾顷刻散去，无影无踪。

诗人在人间，就是要在尘雾里发现自己的灵魂，并让它发光发热，上升，成为天空中的星辰。海子将诗留给我们之后，回到了他辽阔的家，回到了他年轻的兄弟姊妹们中间，他经受的思想痛苦就是他天路历程的级级阶梯。

现在，列车行进在狭窄的河谷里，左边的车窗快要擦着陡峭的山坡。与前面看到的景象相比，这里山的筋骨并未裸露，山坡上有毛茸茸的植被，粗看之下大致有三类：草、刺和树。草最大众化，看不出眉目；刺类似于陇中一带橘红色小浆果的酸刺，可它比酸刺规模大；树比较少，而且一棵一棵，分散站在山上，有点孤单守望的样子。这时候，我看有风吹过来，树摇着而树下的草和酸刺却不摇。

列车的另一侧比较开阔些，这里仍是湟水流域，谷地中平坦的地方，零星坐落着人家。房屋的周围是一小块一小块的庄稼，麦子呈青白色，并不好看，而油菜花总是黄灿灿的，像在尽力补救麦子的不足。我还看见一大块碧绿的蚕豆。谁将第一粒粮食的种子带进这样幽深的山谷，谁就能承担得起“传播者”这个名号。

9

这是一个被群山环抱的巨大峡谷。其实山只是一个轮廓，它完全被茂盛的草木所掩蔽，乍看起来，积翠堆玉。因为树木高大而参差不齐，那山显得蓬松，向天空盛开。

感叹这个峡谷幽深和优美的同时，我不禁想到了“隐居”一词。不论政治的含义，单说作为生活选择的隐居，它为古代名士所热衷和向往。比起今天，那时地广人稀，就连城镇也显得寥落冷清，可名士们还是要往更偏僻的地方走，实现所谓“采菊南山下”“濯足清流中”的自在生活，而且从许多例证看，他们的愿望似乎来得相当真诚，没有今天有些人的做戏成分。屈原、谢灵运、陶渊明、李白、苏轼等人的爱山乐水人所周知，这里暂且不论，另说王安石，一般人都认为他是看重红尘名节的士人，但据说他骨子里还是神往隐居山林的，他只要听到有人要去游山玩水总要写诗相送，表示祝贺和羡慕。他曾经由衷地说过：

野性堪如此，
潜山归去来。

诗里的潜山是一座高山的名字。眼下的世界已是今非昔比，乡村也如都市，人声喧嚷，马达轰鸣，月亮在万家灯火之上黯然失色。但人们总嫌不够热闹，从乡下跑到城里，从小城跑到都市，从西北跑到东南，再从东南跑到西北;先是“寻根”,然后是“寻找自我”,最后又美其名曰“返璞归真”“回归自然”。

事实上，净土已是越来越少了，没有当代人不能到达的地方，名山古刹，风景胜地，到处扔满了盛饭的纸盒、方便筷、卫生巾、避孕套；很多人随身带一把刀子，在古色古香的砖木上歪歪斜斜刻了自己的名字，走到哪里刻到哪里，把卑贱作为超凡；扔得多了，刻得多了，名山不再有名，净土已经肮脏，大家只好出洋，先到新马泰，最后进军欧美，在外国人那里丢人现眼。

凡事都要论出是非优劣的这种方法已显得迂腐可笑，但当今时髦之士似乎都要扛一杆虎皮做的大旗，上面写着或“自由”、或“解放”、或“多元”、或“综合”、或“开放”的名号。可我们深切地感到:人不仅是肉体的生生灭灭，而且也是连接文化、历史的一环。道德、制度、律令都在约束着人们，因此，自由和解放自始至终是有条件的，真正的自由和解放其实在自己那里。古人归隐，有两个特征，一是热爱自然，二是注重自己。他们回到朴素又简单的生活中，在适意的劳作之后，静观自己，寻找真谛，省悟生命的实质。今人亦有两种特征：“浮躁”和“虚伪”，但最准确的还是昆德拉概括的“媚俗”。电视的镜头，机器的飞轮，电话的铃声以及千奇百怪的城市布局使得人们心神不定，匆匆忙忙，他们穿越的只是虚无的时间，而不再是意义，浮躁似乎已经根深蒂固。

虚伪体现在今人文化中的定义和行动中的反定义。例如，人们达成共识的定义是：人类只有一个地球；可在行动方面，人们砍伐山林，爆破岩石，滥采矿藏，污染河流，发动战争，制造废墟；再如，人们热衷于追溯种性的、文化的历史，并定义为“寻根之旅”；但行动上的结果却是乡村的人涌向城市，城市的人涌向乡野，中国人涌向世界。这批涌来涌去的人精神上陷入空前的迷茫，根在哪里？结论是悲观的：当代人寻找自我、回归自然的图谋注定要受挫，或者几乎是不可能的。

让我们重新回到旅途上来吧。这是位于湟水谷地尽头的一片林木区，出了这个峡谷，几乎没有过渡，视野豁然开朗，空旷辽阔的高原草场呈现。自然由繁荣转向萧瑟，世界由喧哗骚动转入地老天荒，遵从自然的逻辑，我的思绪亦将从活着的山重水复转向死亡的一览无余。

车向前行，时间后退。我在藏区生活数年，从未起意以观赏者的身份去看天葬，虽然有过许多的机会。就在我离开那里的前夕，朋友葛洛的祖母去世了，我顺其自然并怀着敬畏之心，目睹了这位老祖母的天路历程。

据说有些地方的藏族盛行水葬，尸身由香料水清洗之后被抛入水中。无论天葬、水葬，在哲学中的含义都是高尚的：它们来源于佛教中舍身饲虎的神话。而不管是舍身饲虎，还是舍身饲鹰，舍身饲鱼，都能归结到舍身求法。

汉族的土葬追求“回归自然”的境界，但做得并不彻底，把死人装入上等木头做成的棺椁中，防止腐烂，即使腐烂了也不免是具干尸，这从根本上违背了归于泥土的初衷。但保留火葬习俗的藏族则非常彻底，他们先将死者的身体焚烧，然后把骨灰掺和在一大堆泥土里，堆在帐房门口，男女老幼每日每次出门，都可抓一把，扬在风中，直到那堆渗着灵魂的土扬尽。

将汉藏两民族葬仪中重要的部分相比较，可以得到的结论是：藏族重视与意识有关的诵经活动，因此，他们更重视“死”这个事实，死者的肉身结束了，他们的灵魂或者留在生者的生活里，或者在冥冥的世界里，但都要由经文来引导和安排；而汉族更重视仪式，因而他们更重视“生”这个概念，趁着“死”的机会，活着的人更充分地表达自己对生命的种种假设和愿望。无论藏汉，对于死亡的安排中都是为了证明生命是什么，人是什么，人为自己、为他人，甚至为天地万物能做什么。在这种安排中，体现了人道和尊严。

葛建中

通天河之上

葛建中，中国作家协会会员，青海省作家协会主席团委员。已出版诗集《季节肖像》、散文集《最后的藏獒》、文学评论集《角度》等。现供职于青海省广播电视台。

通天河之上

一条河流给这个世界会带来什么？它又会在时光弯曲迂回的流向中，给我们诉说哪些故事？河两岸的牧草枯荣交替，村庄兴衰更迭。河水流淌或冰封，日月轮回中，岁月不留痕迹。也许，只有这朴实厚重的土地才能记住一个地方的前世和今生。

沿着通天河溯流而上，我们一路经过了许多村庄、渡口和佛塔，大河边觅食的牦牛、河岸边错落起伏的小片农田、村庄旁的小路、桥梁和隘口处风中飘荡的五彩经幡……江源地区的自然风貌和人文景观引人入胜。

拉司通，一个古朴、宁静的村落，静静守候在通天河畔。走进这个藏族古村落，规划整齐的街巷、石头砌成的民居、高大粗壮的白杨，让初来此地的人们感觉，我们已经来到了一个祥和宁静的雪域绿洲。在这里驻足流连、观察聆听，透过历史隐秘的风云，我们好像看到了一部玉树的文明史。

玉树藏族自治州称多县拉布乡，位于巴颜喀拉山南簏，是一个半农半牧地区，属于该乡的拉司通村，有一座和拉布乡同名的寺院——拉布寺。

到达的时候，牧草已经开始泛黄，村庄正安详于一派秋天丰收的景象中，山脚下的小块农田上，村民们正在挖洋芋、收庄稼。而在村庄的路边房前，人们又开始种树了。

初次到拉司通的人，都会被这里的景象所震撼！人们绝难想象，在这高海拔的三江源腹地，会有规划如此整齐的村落；在气候条件严酷的高原，生长着高大粗壮、年代久远的树木。虽然经历了时间的考验、风雨的洗礼，并遭受过地震的创伤，然而，拉司通村仍然保持了百年前的风貌，保留着许多文化传统。这个因最早种树、最早规划村庄布局而闻名全玉树州的村庄，以它的美丽、恬静吸引着人们的目光。

奔流不息的拉布河从村中穿流而过，河的南面是晨钟暮鼓的佛门净地——拉布寺，河的北面是和睦祥瑞的村落——拉司通。寺庙与村庄隔水而居，碧波溪水，藏柳、白杨间的拉司通，在 20 世纪 50 年代，就被人们亲切地称为“小北京”。当地人说，拉司通是“圣地”的意思，也被称为“拉司梅朵”，意为“开满鲜花的神圣之地”。

那么，究竟是从什么时候开始，这个古老的藏族村落形成了今天这个模样？又是从什么时候，人们在这里种下了第一棵树苗？一个村庄与一座寺院，有着怎样千丝万缕的联系？在听着拉布河潺潺的流水声注目远方或者入眠的许多个日夜，我不断思考着这个问题。

当我们把目光回溯到一百多年前，在拉司通这块风水宝地上，一位具有真知灼见、发展眼光的“入世”奇僧，一位江源雪域的绿色使者，穿越时间的迷雾，从历史的深处向我们走来。他就是拉布寺第十三世活佛江雍·罗松嘉措。

清朝末年，江雍·罗松嘉措出生后，即被认定为拉布寺活佛文青·吉热多杰的转世灵童。系拉布寺创寺立宗活佛丹玛堪钦·元登巴之第十三世活佛。他是文青·吉热多杰的侄子，承袭叔叔的事业，成为喇嘛拉布族第二任百户、第二代拉·坚贡。拉布寺是玉树地区著名的藏传佛教寺院，藏语全称“噶丹郭囊谢丹派吉林”，由宗喀巴弟子丹玛堪钦·元登巴于明朝永乐年间（1419 年）创建，至今已传承了十五世，是地方史记中唯一在玉树地区被册封的“四大嘉贡”之一。

当时，来这里传经说法、学识渊博的丹玛堪钦颇受信众崇敬，明王朝曾经赐给他禅杖和佛像等法器，寺院因而发展很快。清代道光年间，活佛文青·吉热多杰入京觐见清朝皇帝，得到了丰厚的赐赠，被赐任为拉布族百户，管理当地行政事务。

同治三年（1864 年），皇帝又赐予小金匾一块。同治十二年（1873 年），清廷通过西宁办事大臣锡英又赐“普济寺”匾额。至此，该寺进入全盛时期，下辖十八座属寺，分布在今称多县、玉树市和海西蒙古族藏族自治州的都兰县、四川省的石渠县。

江雍·罗松嘉措活佛自幼聪颖过人、思维敏捷、博闻强记、乐善好施，凡是来到拉布的穷人，他都会收留。他鼓励大家开垦荒地、发展农业。外地僧人前来投奔，也都予以接纳。他一生喜好云游四方，曾赴兰州、北京、成都、昌都、拉萨、西宁及湟中等地，那个年代里，在身处江源腹地的人中间，他是极个别走的地方多、见的世面广的人。行走改变了他的认识，眼界拓宽了他的世界。他善于吸收内地先进的生产技艺和进步施政方略。在他的倡导下，寺院发展民族民间经济，经营农畜产品、藏草药与生产、生活用具等物品。当时,享有盛誉的拉布寺商队往返于康、藏、川和西宁、湟源之间。随着商贸事业的发展，拉布寺创立了四大商号，分别是拉萨商号、内地商号、甘孜商号、本地商号，分别称为拉萨吉索、嘉那吉索、霍仓吉索、贡巴雄吉索。吉索就是商号的意思。这四大商号拥有驮牛 4700 余头，骡马 200 多匹，成为当时远近闻名的商号。江雍·罗松嘉措活佛还创办、发展了集民间贸易、文娱、体育为一体，带有集市性质的商贸集会，每年二月十日至十七日，五月七日至八日，玉树商民聚会于拉布寺开展贸易集会，产生了广泛的社会影响。

为了弘扬佛法，利益众生，江雍 · 罗松嘉措活佛于 1906 年大胆提出了修缮寺庙、搬迁村庄、治理河道、种植树木的建设构想。他亲自上阵，带领僧俗群众整治河床，修筑河堤。从西宁、湟源、南京、成都等地聘请来了石匠刘师傅、木匠李建熙、裁缝唐师傅、铁匠袁师傅等匠人，就地烧制砖瓦、石灰，并铸造生铁锅。江雍 · 罗松嘉措鼓励工匠在此安家立业，他说：“我们都是一个皇帝的子民，就连我的百户一职，也都是清朝政府赐封的。只要愿意留下，我们非常高兴，也非常欢迎。”

知识和技能在这里得到了尊重和发挥。后来石匠刘师傅、木匠李建熙、裁缝唐师傅等汉族工匠娶了当地姑娘为妻，江雍·罗松嘉措活佛都一一给他们分了田地，让村民帮助盖房子，这些汉族工匠生儿育女，从此在当地生活了下来，如今，他们的后代仍然生活在这里。江雍·罗松嘉措活佛当时还指派8名藏族青年僧人，跟着汉族工匠们学习汉语和技术。希望他们学有所成，掌握一技之长，成为将来对寺庙和地方有用之人。他曾经说："学习是进步的门槛，只有不怕困苦的学子，才能成就本事，掌握自己的命运。"他派出索南文青、加周两人到西宁学习汉语；派江永克珠、尕桑曲到西藏学习当地语言；从色拉寺引进四名管理人员，规范寺院管理。

水是生命的象征，让河水迎着村庄流淌，预示着殷实和吉利。按照江雍·罗松嘉措活佛的规划，把拉布河从北山引到南山脚下，在寺院大经堂前与南山的协琼河汇合，然后注入滔滔的通天河。

为了保护野生动物和自然环境，江雍·罗松嘉措活佛为成片的林区命名，以防止老百姓砍伐毁林，还专门成立了巡山队，不得采集贝母，不能砍伐树木。那时候，几十只以上的石羊、白唇鹿随便进入寺院，甚至跑到寺院屋顶，踩破屋瓦也不会受到伤害。他还专门设定四个有代表性的泉眼，每年在泉眼处举办佛事活动，其目的是不能污染水源、破坏流域内的鱼类的生存环境，以保护拉布乡及通天河流域的水源地和水生动物，如有僧人伤害猫狗等动物，一律驱逐出寺。

为了引进蔬菜，改变人们的饮食结构，僧人们在大型聚会上，煮一大锅洋芋，江雍·罗松嘉措活佛亲自带头品尝，以现身说法的方式鼓励大家去种植白菜、萝卜等蔬菜。如今老百姓称作的“菜依”就是菜园子的意思。他还在规划出的街市上设有许多商铺，免费提供给老百姓经商。

仁慈善良、见多识广的江雍·罗松嘉措活佛不仅造福于地方百姓，而且还慈悲为怀，曾经救助过一支陷于危难的法国探险队。1894 年夏天，一支由法国探险家杜特雷依率领的探险队到达了通天河流域的唐达村，由于天降大雨，探险队想投宿当地居民家的想法落空，格萨克士兵强行住到了居民家里。第二天早上发现丢失了两匹马，他们又擅自从马圈里牵走了当地人家的两匹马当作补偿。这连续的不当行为，得罪了当地居民，激发了他们的仇恨，乡民们从四周八方包围过来，开枪打伤了杜特雷依，并把他拖到通天河边扔到了河里。探险队的其他人员知道此地不可久留，惊恐之下跑到十余公里外的拉布寺避难，在拉布寺，探险队成员成为寺主香措喇嘛的客人。据杜特雷依探险队的中国随从雇员润藩日记记载，他所见到的拉布寺香措喇嘛“曾经往来京都，略通汉语，颇知洋情”，这位香措喇嘛应该就是江雍·罗松嘉措活佛。探险队在寺里藏匿居住，并每天得到寺里的食物。后来润藩通过西宁知事在活佛处赊买了粮食和马匹，于半夜时分逃离拉布寺，日夜兼行，十余天后到达了西宁。

在拉司通，江雍·罗松嘉措活佛把村庄的格局设计成“卍”字形，房屋鳞次栉比，巷道宽敞，并修建了停车场，他预言将来这里要通达汽车。这对当时的人来说，真是闻所未闻、见所未见的事。他让寺院的僧人两人一组，手拿等长的线绳，以相同的距离画出村中道路的宽度。在拉布河边，二社社长次成尼玛告诉我，在几年前的地震灾后重建中规划测量街道，人们才惊奇地发现：村里的道路宽度都是一样的。

与此同时，江雍·罗松嘉措活佛让四大商号在村里开了 4 个店铺，经营各种日用杂货，建起了 8 个用于打碾青稞的打碾场，深得周围老百姓的欢迎。他注重公共卫生，首先在家里修建卫生间，后来人们纷纷效仿。

在江雍·罗松嘉措活佛的倡导下，拉司通村民风淳朴、崇尚植树、尊长爱幼、尊书重教、注重卫生。在当时那个年代，这样一个鲜亮整洁，繁荣和睦的村庄，在玉树乃至整个青海藏区，都是独一无二的，可以说，江雍·罗松嘉措活佛是玉树村庄规划建筑的开拓者。

每年的农历二月十日至十七日，是拉布寺一年一度最大的祈愿大法会，实际上也是一次规模最大的集市贸易活动。人们通过这种形式，一边诵经拜佛，祈求一年平安吉祥。一边讨价还价，销售自己生产的农牧产品，购买自己所需的生产生活用品。一时间人声鼎沸，生意兴隆。

寒来暑往，春华秋实，辛勤的付出终于有了结果，江雍·罗松嘉措活佛深有体会地说："只要有根，就会开出花来；只要有志，就会干出名堂来。"

拉司通的村庄面貌改变了，拉布寺修缮寺院的工程也已完成了。江雍·罗松嘉措活佛最后的一桩心愿是：植树造林，美化环境。对此，虽然人们有不同的看法，但江雍·罗松嘉措活佛决心已定，最终决定由嘉那吉索，即内地商号承担由汉地向拉司通运送树苗的任务，他向负责此事的管家再三叮咛："树之喜水，必逐水而运，干涸而不能求生，望众生竭尽诚意代劳神苦思。愿菩萨与你们同行。"在牛帮出发的前一天，驮队的人们做的第一件事是把运送的货物全部扛到看不见寺院的地方，然后统一打包，整齐摆好，整装待发。次日清晨，再接受诸活佛给远行者举行的灌顶仪式后上路。牛马远程驮运，是一件非常艰辛的事，更是对勇敢者的一个挑战。凌晨4点钟起运，按辔徐行，每天行程30余公里，到上午11点钟左右就驻足歇息，让牛马吃草休息。在整个路途中，两个驮运工搭档，每天要完成50—60头（匹）牛马的装卸任务，要求动作协调，左右平衡，携手并肩。歇工时，还要整理货物，清点数字，役使牛马，烧茶做饭。鞍子坏了要自己修，袋子破了要自己缝，牛马病了要自己治。需要啥就要会干啥，还不能丢失受损。驮运树苗那就更苦了，每15根为一包，用羊毛毡包裹，一路逐水而宿，夜间浸泡水中，白昼复裹而行，一路上佣人全身找不到一处干爽的地方。所以，马帮、牛帮是男人的世界，扛起牛帮、马帮苦差的男人，才称得上是青藏高原勇敢强壮的汉子，才是男人中的豪杰，女人心中的情郎。运树苗的牛帮就这样，历时两个多月，往来1600多公里，越高山、过草地、跨河流，风餐露宿，每天重复着同样的劳动，历尽千辛万苦，才把第一批树苗共450根运抵拉司通。

驮牛队抵达拉司通的那天下午，天气晴朗，蓝天牧着白云，清清的拉布河淌着村民们的笑声，拉司通的男女老少身着节日的服装，唱着歌儿到村口迎接驮队。神情祥和的江雍·罗松嘉措活佛和他的活佛僧侣满面红光，手持哈达眉开眼笑地前来祝贺，那场面像过节一样热闹。当想象中的琳琅满目的货物一瞬间变成一根根 80 厘米长短的木棍时，大家大失所望。这超乎寻常的场面，让所有在场的人感到惊奇、茫然、不可思议。有的不明所以，有的私下讥笑道："商队运来的一向都是绫罗绸缎、茶叶、布匹、锅碗瓢盆和糖果等大宗货物，而今，我们看到的怎么全是讨饭用的棍子呢？"平常俯首帖耳的僧人，也开始在背地里议论纷纷。面对众人的怀疑，性格像白杨一样直溜的活佛不但没有心软，反而更加坚定地说："你们不要企图说服我，我是不会改变我的决定的。"于是，在他的指导下，树苗分别种在佛宫的院墙内，种在僧舍的房前屋后，种在河边和路旁。由于水土不适，缺乏管理经验，加之人畜破坏，仅存活了 13 棵。为了鼓舞人心，尽早实现种树的梦想，他将这 13 棵白杨树命名为"神树"，并语重心长地说："我们崇拜山水，善待动物，服侍牛羊，亲近自然，所以，我们煞费苦心封山育林，为的就是要把这里建设成为山清水秀，绿树成荫，鸟语花香，动物悠闲漫步，飞禽自由嬉戏的生机盎然的美丽的园林寺庙。”一席真切的话，犹如明灯，使大家心里顿时敞亮起来。

从此，人们把植树造林看作是神圣的事情和职责，运树的人也更加卖力，种树的人更加尽心，信教的人更加虔诚。通过连续6年的驮运复种，终于建成了以夏岺为中心的亚岺、麻岺、嘎曲、桑巴、多仁、亚土等7处白杨园林，每处园林中央都有宽阔的草坪，供人们游玩观赏。最大的夏岺园林中，有人工开挖的池塘，养着十几只白鹅和黄鸭。此情此景，让人们无不连声赞叹。前人栽树，后人乘凉，这使祖祖辈辈的拉布人终身受益。当年的拉布寺山顶有岩羊，山坡有白唇鹿，山间有獐子。此外，在拉布寺的对面，东山玛加邦然的斜坡上，长着一棵孤苦伶仃而又苍老挺拔的云杉树。据说是在江雍·罗松嘉措活佛那时，从玉树另一个地方采挖的野生树种，在此试种了几十棵，仅存活了这一棵。四季常青，特别鲜活夺目。每天当阳光掩过云杉树之前，所有在寺庙外的僧侣必须按时进寺入舍，否则是会受惩罚的，这是寺院不成文的规定。原来，古老的云杉树竟然还有这样独特的作用。从此以后，种树成了拉布人的传统，沿袭成规，而且逐步向称多称文、玉树结古、囊谦香达等地辐射。因为有了江雍·罗松嘉措活佛的远见，才有了玉树地区的第一个人工园林。在玉树解放初期，州“国立”学校学生，背着树苗渡过大河、翻越大山，把树苗引进到了结古镇。

1921 年，甘肃省邮务管理局邮务官徐兰生赴玉树实地考察。他在《玉树地区调查记》中这样记录道：“拉布寺为玉树第二富之僧寺……渠正从事扩充院屋，雇用四川木匠为之建造，并用甘肃工匠制砖，实为藏人首创之举，盖藏人房屋向不用砖建也。”花费了 8 年时间，拉布寺在江雍·罗松嘉措活佛的带领下修缮了大小经堂 21 座，僧舍 218 间。其中，最为宏伟的是一座有 180 根柱子的 3 层大经堂，门墙全由雕刻的青砖砌成，上面有虎、鸟、花卉、树木等图案，细腻别致，生动传神。

民国陇佑名士周希武在《玉树调查记》中这样记述：“二十五族寺院，以拉布寺为较壮丽……有千佛阁，南北长二十五间，中供大小佛、菩萨像三千尊，皆铜铸，鎏以金。有护法殿，中供韦陀铜像，高三丈余……僧徒所居，穿廊连庑，层楼复阁，几于千门万户，不能名状云。”

在拉布地区的整个植树过程中，有一位特别值得提起的人物，是他辅助江雍·罗松嘉措活佛圆了绿色之梦。他叫昂旺，玉树县拉秀人，从小就成了孤儿，饱尝人间苦难。

流浪到拉司通后被江雍·罗松嘉措活佛收留为僧，因表现出众，大家诚服，后推举昂旺为拉布寺总管。江雍·罗松嘉措活佛1944年圆寂后，遵其遗训，昂旺正式出任拉布族百户兼拉布寺总管，集政教大权于一身，被人尊为拉·昂旺。昂旺从一介平民成为玉树地区有声望的一代百户，这是当地历史上绝无仅有的，此举改变了传统的百户世袭制度，当时影响很大。1949年后，拉·昂旺积极拥护中国共产党的领导，积极靠拢人民政府，积极执行党的方针政策，爱国爱教，维护祖国统一。1950年玉树州专员公署第二、三次各族各界人民代表会议上，昂旺被选举为州协商委员会副主席。1951年当选为玉树州人民政府副主席，1955年当选为玉树州副州长。

被当地人誉为“第一棵神树”的老白杨，今天依然孤傲挺拔，苍老遒劲。人们用院墙将它特别保护起来，它的树枝上挂满了哈达。看见古树，人们就想起了植树的先导者江雍·罗松嘉措活佛。因为它记录了活佛运树、植树的非凡岁月，见证了活佛通过植树唤起众生环保意识的不朽业绩。

20世纪30年代，曾任九世班禅大师回藏专使行署参赞的马鹤天在《甘青藏边区考察记》中如此记录了拉布寺和其所在之地的奇观："拉卜寺为玉树最有名之寺院，其建筑与清代历朝皇帝所赐宝物，均为第一。属民百户，由一喇嘛为百户管理之，一切等于一族。据云该寺活佛曾居兰州甚久，故甚开通，一切内地化。居民皆业农，并种有蔬菜，养有犏牛，又有园林，广栽杨柳，已数把矣。称多全县仅此地有杨柳，可知非土地不相宜，无人提倡栽种耳。并闻其地农田甚密，凡可耕种之地，无论大小，皆耕种，至不常走之道路，亦辟为农田，俨然内地景象"。

为了铭记江雍·罗松嘉措活佛的功德，玉树州人民政府在拉司通村修建了纪念亭，从拉司通走出来的玉树州原州长罗松达哇题写了"环保大师"的匾文，厅堂里收藏了驮队当年使用过的许多工具，悬挂着活佛的照片。对其的尊重深深植根于三江源人民的心田，2014 年，玉树州人民政府为江雍·罗松嘉措活佛追授"环保大师"荣誉称号。江雍·罗松嘉措活佛开创了玉树种树历史的先河，他旷达的视野和创新的理念，成为玉树人民宝贵的精神财富。

一头白色长发、长须的丁求老人已经在拉司通生活了 80 多年，他曾经担任过长达 48 年的拉司通村党支部书记，对拉司通的过去有着切身体会，也见证了今天发生的变化。这位发须皆白的老人对拉司通村的过往如数家珍，为我们讲述了许多本地的故事。在民俗风情宫里，他亲自为我们展示了传统手工磨炒面的方式、在开启新酿青稞酒瓮的盛大仪式上，他念念有词并亲手开启了新酿青稞酒酒瓮的封口。

在西宁，我见到了江雍·罗松嘉措活佛的儿子、玉树州政协原副主席江格，他对父亲的评价是：他所做的事情都是超前的，不论是寺院管理、属民管理还是家庭管理上都是这样，他曾有意让我们到穷人家生活一段时间，让我们体验普通人家的生活，这对我们后来的生活很有教育意义。

青然拉吉乡长说，这里的老百姓的环保意识要比其他地方的强。比如在挖虫草的季节，人们都要把方便面袋、饮料瓶等生活垃圾带回来。

达娃波姆经常带着孙子坐在拉布河边和人们闲聊，她是车所村人，她告诉我，本地的垃圾场在车所和下一个村子郭吾村间的山沟里，垃圾车是州上配发的，每周来收两三次垃圾。

来自河南南阳的王修海在拉布乡民政干部次成的帮助下，已经在拉司通经营蔬菜店 11 年了，他的蔬菜店让当地人能够方便地吃上新鲜蔬菜，也让他过上了比较满意的生活。

拉司通有三个社，496 户，2644 人。据长住拉司通村进行语言学调查的南开大学孙凯博士走访和实地统计，拉司通现有售卖杂货、蔬菜、五金、百货等的小商店 41 家，饭馆 17 家，洗澡堂 3 家。孙凯博士是第三次来到这里进行田野调查，在他看来，拉司通远比他想象的繁华，年轻的阿卡们用的是平板电脑，许多人家都有私家车，从这里走出了许多文化人和大学生……

拉司通位于通天河畔，灿烂多姿的民族文化，丰富深厚的历史积淀让拉司通享有了“中国民间艺术之乡”“发现全国魅力小城”“全国历史文化名村”“国家 4A 级旅游景区”“中国十大乡村振兴示范村”“中国美丽乡村五十佳”和“乡风文明十佳村”等美誉。

在那个晴朗干净的秋季，我们在村里遇上了几场婚礼，每一场婚礼都显得华丽而热闹，人们都穿上了节日的盛装，场面隆重并具有浓重的民族特色。这其中，嘎松尼玛和诺日卓玛的婚礼让人大开眼界。婚礼前我去了新郎的家，茶几上摆满了熟牛肉、各种油炸食品和饮料，还有一种用曲拉、酥油、白糖制作的食品叫“突”，上面有“卍”字符。迎娶新娘的新房前，用青稞、大米、红枣堆砌着象征吉祥、避邪的立体“卍”字符！迎娶新娘的车队来到了新娘未来的新家的门口，她在新郎和亲友的簇拥下走过了象征平安、吉祥、驱邪、力量的“卍”字符，在一对童男、童女的引领下，围绕着缕缕桑烟弥漫的煨桑台，顺时针走了三圈！面容姣美端庄的新娘手执一束浸蘸过泉水的松枝，把圣洁、祝福的水滴洒向迎亲的人群。一对新人在亲人的护送中、在众人的吉祥祝福中将从此开始走向新的生活！

这是不是我们曾经想象并寻找过的香巴拉呢？

岁月中飘落的树叶，它是否会记得来自根须的滋养？从过去到今天，这些绿色的精灵舞动着翅膀，庇护了这一方水土。在时光的漂泊中，送走了四季的故事。但在春天，它又将重新叙述昨天的传奇。在通天河上游，在大山的褶皱里，在千回百转的命运变奏中，众多生灵、村庄的故事仍在隐藏，追溯源头、展示今天，仍然是我们不变的方向。

辛　茜

我的青海湖

辛茜，作家、编辑。中国作家协会会员。在《人民文学》《中国作家》《散文》《散文百家》《青海湖》《北京文学》《芳草》《诗歌月刊》《绿风》《四川文学》《安徽文学》《人民日报》《光明日报》《文艺报》《中国文化报》《新民晚报》《青海日报》等报刊发表诗歌、散文、随笔、报告文学，多篇作品被收入各种选本。出版作品集《眼睛里的蓝》《茜草为红》《一望成雪》，长篇报告文学《尕布龙的高地》。获青海省政府文学创作奖、第四届冰心散文奖、全国首届人文地理大赛特等奖、《人民文学》“近作短评”金奖、中国首届“丝路散文奖”。

我的青海湖

春

青海湖的春天来了。

深居内陆的青海湖，春寒料峭。但即使这样，当平原上的腊梅、迎春、玉兰竞相开放，青海湖沿岸看似枯黄、平淡的河谷灌丛、高寒草甸、流石坡上的点地梅、晶晶花、微孔草也在悄悄发生着变化。特别是环绕青海湖的西北针茅、沙蒿和芨芨草，高寒草地上的紫花针茅、冷蒿、风毛菊、冰草、铁线莲也都在春天清冷逼人的空气中渐渐吐出了新蕊。

青海湖的春天是多雪的。

刚刚伸出黄绿色嫩芽的草叶在一场大雪后，会被积雪层层遮盖。可等到正午，太阳出来了，雪化了，植株矮小的野花又会马上露出温柔甜美的身姿，在白雪滋润过的土地上微笑。你还会惊奇地发现，雪后的草地、坡塬深褐色的地皮，连一小片叶子都来不及长大的枝干上，会冒出一朵蓝色、紫色、黄色的小花；一只、两只冬虫夏草黑色的脑袋，抱团取暖，匍匐在地。

第二天清晨，灰色的云沉甸甸地挂在天上，大朵大朵的雪花复又落在小草、野花和湿润的沼泽里。然而，不必担心。春天的雪是有温度的，像暖洋洋的潮水，漫过大地，使青草的身子、龙胆的花叶、绿绒蒿的娇容在阳光下重现，在不经意间，将薄雪轻轻抖落。仔细听时，还能听见飘零的种子、蛰伏在地下的根茎，发出的一声声欢笑。

就这样，在一次次璀璨的白雪中，被草原人称作格桑的野花，被雪水滋润的草甸，复苏的眼子菜，终于在海拔4000米以上的青海湖沿岸，发出了奇香。

此后，又一批繁衍生命的种子，继续耐心等待，一直到发芽、生长、开花、结果……

这个季节，从冬季牧场迁徙返回的牛羊，闻到了青草的香味。

朴实敦厚的牧羊人，按捺住心跳，在期待中，渴盼草木丰盛、鲜花怒放。

这个季节，人们有太多的理由，幻想未来……

这个季节，草原把阳光收进了自己的身体……

大地回暖，春草萌动，白皑皑的山峰露出了山的原色。青海湖流域的无数条河流，在冰雪覆盖下，长长地吸了一口新鲜的空气，活动着有些僵硬的身子，开始缓缓流动。

青海湖人，从不敢忽视那些看似不那么宽大，不那么肥硕的每一条小河、小溪，如果没有它们，青海湖也许早已变成死水，早已干涸成盐池。所以，草原上，牧人的帐房要扎在离河不远的地方。只有面对流淌的河水，他们的心才会安定下来，他们的日子才会慢慢地过下去。

环湖周围，与青海湖直接有关的河流很多。径直入湖，流域面积较大的是伊克乌兰河、哈尔盖河、布哈河。还有一些虽不直接入湖，却不影响与青海湖之间亲密的关系。比如希格尔曲、夏而格曲、峻河和夏日哈河，同样属青海湖水系，同样源于四周连绵的群山，以青海湖为最后归宿，滋养着大湖，庇护着诱人的水域。

青海湖的春天是多风的。

因为风，青海湖有了一种特有的解冻方式，“武开”和“文开”。

文开优雅，于夜间悄然进行。狂风后，千里冰封、晶莹璀璨的湖面，会在一夜间，成为平和如镜，青蓝透绿的一湖春水，碧波荡漾；武开的前奏还是风。但因风力过于强大、威猛，冰层内温度陡然升高，致使湖面在瞬间炸裂、分离、漂移、撞击，咆哮如烈虎、如战场，景象极为浩大壮观。可欣赏到武开，要靠运气，只有常年在青海湖边生活的人，才能偶遇。可不管怎样，从青海湖融化的那一刻起，青海湖流域，暗藏着生命迹象的琼浆玉液，便会似春潮般缓缓而来，不可阻挡。

春天的晴空下，湖水开化，湛蓝无比、洁净无比。远处的山峦清晰可见，连绵不绝。举目远望，环湖碧草无止无尽，鲜嫩欲滴。

湖岸生活的人，顿时，神清气爽，头脑清醒，呼吸顺畅，忘记了尘间烦恼。

5月，一阵小雨过后，青海湖畔浅浅的山麓、相对低洼的地方，冒出了青稞葱绿的嫩苗。青稞的模样与春小麦相似，但颜色偏重，深墨绿。认真看时，才知青稞的麦芒比麦子长，略显粗糙，边缘密布纤细小刺。肉眼看不出来，可以用手摸，青稞的穗沉甸甸的，与麦穗给人的手感不同。

此时，青海湖的春天真的来了。

青海湖的春天，不像平原春水细雨中抽丝的青柳，也不像桃花般嫣红的江南少女。青海湖的春天是狂喜的诗、翻卷的风。阴阳交汇，生命力强盛。是月亮、母亲，叫人忘却忧伤的梦。更何况，只有青海湖的春天，才能让你目睹，海拔 4000 米以上的野生植物，如何在雪中抬头、绽放，如何在荒芜寂寥的大地，冰雪飘零中敞开胸怀、拥抱生命。让你感受到草原人，并非单调、枯燥的生活。

你还会发现，青海湖人不可能轻易摘取一朵小花，也不会随心所欲地捕捉每一条游动的小鱼、小虫。

春天里，牧人们需精心侍弄降生的羔羊，修补帐篷，编制氆氇，准备嫁衣，在忙忙碌碌中迎接夏天。

高贵的天鹅心满意足地离开了青海湖。但是，来自我国南方和东南亚等地的斑头雁、棕头鸥、赤麻鸭、鱼鸥、鸬鹚却又日夜兼程，不辞辛苦地向青海湖奔来。

你无法倾听鸟儿的内心，却可随意看到，每一只展开双翅的鸟儿，在青海湖满怀爱意，对爱侣诉说衷肠，或追逐配偶、欢悦腾飞的情景。你会发现即便是舞蹈、唱歌、捕食，它们的心思也全然不在自己身上，只是围着、顾着、恋着亲爱的伴侣、即将出世的幼鸟踯躅徘徊。五六月份，雌鸟开始孵卵，候鸟已不像初来乍到时那般兴奋、好斗。雌鸟在窝中安心孵蛋，雄鸟在一旁精心守护，或飞来飞去为雌鸟觅食，等待小鸟出世。

20多个昼夜的孵化后，幼鸟破壳而出。雪中，金黄、赤色、栗色的绒毛像风中的花朵，橙色的小嘴巴轻声唤着，嗷嗷待哺。

这就是青海湖的春天。

白雪中大地返绿，劲风中湖水绽开。微波迎接着迁徙的候鸟。这样的地方，如果是一棵小草、一朵小花、一只小鸟，该有多么幸福。

在多次往返青海湖的途中，曾经多次吟诵。

我希望独自
在奶与蜜的岸边
在你的岸边，一天
又一天，直至
你的蓝色的盐分使我变成化石
直至你的湿润的嘴唇使我的骨骼松软……

我愿意就这样进入梦乡
裹着清晨的白露
枕着湖水的波涛
像一尊雕像

看着你怀中抛出的星星
再落到你的身旁

远处，偶有几只鸟飞过
那是去蛋岛孵卵的斑头雁

他们和我一样热爱你
只是比我更执著

我愿这样死去
在湖岸金黄的色块里
在温暖中隐藏

看不见一切
发不出声响
什么也不想不闻
除了水与太阳
太阳与水
青海湖啊！谁能夺去你的精华。

夏

青海湖的夏天短暂，可它清香的空气、怒放的生命，太阳般夺目的光芒和极尽奢华、嫣美的色彩，会永远留在人们心里。

这是青海湖最辉煌的日子。

这个世界上，还能有什么比绚丽的颜色，更能够诠释大自然的威仪与庄严呢。夏天的青海湖，似乎让所有的生命迹象在同一瞬间，以逼人的气势奔放于大地，并以其神圣的思想光照人类，促使人们展开非凡的想象，而不至于让思维过早枯萎。

很久以来，当日月山这座重要的山脉，成为这片辽阔的土地上，草原与农田、黄土高原与青藏高原、季风区与非季风区、内流河与外流河鲜明的分界线，人们的视野总会沿着古老的丝绸之路、唐蕃古道、茶马互市，越过重重山峦，望见或粗壮、或纤细的河流，如何组成强大水系，汇入青海湖这一气象万千的水域，显现出壮阔。而流域内，因四季轮回、地势高低、气温变化形成的不同景观，不仅是大自然万象更新、物竞天择、生物多样性特征显著的特定环境，更是需要用心，用灵魂，叩问自己，让理想有所皈依的精神家园。

高原上，许多民族信奉“忌伤生灵”“万物有灵”的宗教教义，这应该是所有人面对自然遵循的自然法则。山川河流、湖泊树林、土地山脉、动物植物，无一不是大自然的馈赠，无一不是值得崇拜、赞美、尊重的对象。裸鲤不能食用，树木不能砍伐，湖泊不能污染，草地不容践踏。而这种禁忌，不仅符合当地人的意志，还成了普遍存在于青海人内心，一种庄严而神圣的生命哲学，对青海湖流域生物多样性的发育繁荣，客观上起到了很好的保护作用。同时，也关乎人的身心，与自然相契合的通感。在体验与感受自然美的过程中，铸造出当地传统文化的多样性。

陪很多朋友去过青海湖，有几个竟是在海边长大的，应该说对青海湖没有多少兴趣了吧！可是，凡去过的人，没有一个人有过抱怨，青海湖跟大海不一样的。而且去过不知多少趟的我，也常常在想，为什么每一次去青海湖，都会发现不同的美，会产生不同的感觉。像梦幻，像绿松石，或如临天界，总像是头一回去，心情总那么激动。

湖当然不是海，也许没有海那么博大，她仅仅是安静地躺在那里，等着你去发现、欣赏，然后再呆呆地独自默想。有时候，面对湖水，久久地凝视中，会突然分不清，那躺着的是湖还是天，他们的生命究竟怎样延续？

初夏的午后，依湖而坐。眼看着春天的蓓蕾，已然从干枯的树枝上冒出，又像是受到魔法驱使，长成了直径一英寸的嫩绿枝条。枝条的顶端附着一朵沉郁的，被称为龙胆的蓝花，零星遍布于青海湖流域温暖潮湿的凹地、河边、沟汊。此外，还有紫红的卷叶黄精，粉嫩的报春，淡蓝的马蔺，艳黄的蒲公英、金露梅，或清雅，或浓烈妖娆地开放。

青海湖被群山簇拥，湖泊面积4500多平方公里，最大水深32米，湖滨宽阔平坦，牧草丰盈，入湖河流多发源于周围山地，占全流域河流入湖总水量的80%。为全国第一大内陆咸水湖，也是全世界最美的湖泊之一。

其中，源于湖西北疏勒南山的布哈河，是入湖水量最大的一条河。从曼滩日更峰北麓，经天峻县河口，向东南流入青海湖。河口处，被冲积为平坦的三角洲，逐年向湖中延伸，与鸟岛相连，吸引着成千上万的候鸟来此营巢、孵卵。而且，布哈河还是稀有水生物种，青海湖裸鲤逆流而上，产卵育子，复又重返湖中的主要河道。

夏天的青海湖，阳光充足，生命力活跃的食物链主宰着这里的一切。湖中营养丰富的裸鲤，是候鸟的佳肴。湖岸滩涂，三块石，鸟岛，这里有机物、淡水、浮游生物丰富,甚至连生长着苔草、扁穗草、杉叶藻等湿生植物的沙岛,都成了众多禽鸟的育雏区和栖息地。

蓝色晴空，壮阔幽静。沙滩上斑头雁、鱼鸥、白色秋沙鸭、白琵鹭身后,蹒蹒跶跶,紧跟着急于张开双翅的小鸟。小鸟知道，自己的羽毛已然变得丰满、浓密，禁不住闪动着一双玻璃球般晶莹透亮的黑眼睛，左右顾盼，期待着在细纹波动的湖面上自由飞舞。

应该说，碧蓝的湖水、白色的天使、清澈的河流、鲜艳的野花足以勾画青海湖夏日斑斓的色彩了吧！然而，7月，正当中国内地酷暑难挨的炎热时节。清风中，早已在三月的川西坝、五月的玉龙山脚下开过的油菜花，却正在青海湖畔，以汪洋恣肆、浪涛般涌动的骄傲的姿态，盛开，盛开，不断地盛开。装点着草原，涂抹着大地，映衬着辽阔无垠、波光盈盈的湖水。

多少年来，不知有多少人为青海湖灿烂的夏日惊叹、驻足、流连。不知有多少人为那青绿色的湖、黄色的花，为冰雪如银的祁连山峰下，鲜艳、热烈，又不失优雅的环湖奇景如痴如醉。

任何微小的事物，都能构成美妙的风景。

身居内陆的青海湖，于短暂夏日聚起的热浪，让人们纷纭而至，尽兴而归。

当然，夏天也是牧民最繁忙的时候。剪羊毛、打酥油，储备过冬的干牛粪。收割地里的青稞、燕麦，挑选肥壮的牛羊出售，修复、完善自家的草场，在温暖中享受生活。乐此不疲，充实又满足。

一年一度的赛马会、歌会，庄严的祭海仪式、裸鲤放生节，也都选择在夏季。届时，盛装的女人款款而立，与鲜花媲美争艳，暗送秋波；健壮的男人骑马射箭，摔跤，豪饮，谈情说爱。

可这热腾腾的一切，最终会全部融化于青海湖天然的色彩——朝露中静静浮现、晚霞中隐隐遁去，因天气、光线折射、明暗度迥异，出现深青浅绿。

深青浅绿是湖泊的容颜，更是湖泊的心境，曾一度成为人们心中寂寞和孤独、憧憬和乡愁的沉静之色，象征着法国古典主义崇尚的青涩淡雅，又似明代画家沈周所崇尚的“丹青隐墨墨隐水，其妙贵淡不数浓。”(《题子昂重江叠嶂卷》)，是人有所顿悟之后，冥合于自然天性的真情皈依，藏于内心，始终遥望着的，无法实现的愿望。

我久久地凝视着湖水，让我得以周身沸腾，血液交融，这忘情的湖水。

凝视着，久久地无法转移自己的目光。

青海湖的美，来自大自然坦荡的胸怀，来自鲜花迎送，河流淙淙，鱼翔鸟鸣，草地芳菲的天地人间。调和的流畅，季节的更替，未知世界的边缘。

飞鸟往来，花开花落。无论繁花似锦，无论斗转星移，青海湖总是这样，拒绝凡俗，将尘世风烟渐渐淡去，过滤为一个静谧的空间，一个沉默的世界，一个清洁的天堂。

最终，青海湖的夏天清冥浩荡，无敛无迹。

只有母羊发出阵阵颤音。

秋

一个人半生的愿望是什么呢？夏季过去，秋天来临，金碧辉煌的富贵之色在草原上渐渐消失，人们最容易想起来的就是这个问题。

可草原能回答你吗？

很多年前，青海湖流域河流密集，草木葳蕤，林深浩渺。仙女似的鸟儿、蝴蝶四处飞舞。人们闲居理气，拂觞鸣琴，畅神野趣，过着神仙似的生活。然万物轮回，气象更迭，自然之变化奇妙无穷。可尽管如此，青海湖依然用阳光、蓝天、河流，自然之气，调和着独有的景致。

10月后，旅游的过客匆匆离去，欢腾了一夏的候鸟远赴他乡。白云翻滚,草木见黄,只有蓝色的湖水波澜不惊,宁静淡远，依然与蓝天相伴。牧人们更是心如止水，安详平和，任由思绪随云随风飘向远方。

这是秋天的安排，也是一年中享受安宁的极好时光。

青稞磨成粉，收进了帐房，装酥油的“加木热”一排排堆在角落。行吟的歌手弹着“扎姆捏”四处游唱，赞颂英雄，表达爱情。黄昏临近，男人默默地坐在火炉边，身心被日子、牛羊、草原和天空占据，懒洋洋的，女人们则里里外外，井井有条地忙碌。

漫长的冬天就在眼前，草地变得坚实硬朗，萧瑟的风呜呜吹过，可生活在湖畔的人并不担忧。草原人的心太大了，大得能容下千丘万壑，世相更新，秋的夜来风霜，冬的冰雪严寒。秋天，虽有不堪的惆怅。可秋天疏朗开阔，从容豁达，其神、其灵、其韵，反而成就了青海湖固有的宁静致远，如人格的高与洁，自有脱俗质朴，平静的风韵。

清晨，红色霞光使湖面微红，牛奶的甜味与雾一样弥漫在空中。静静站立，默默注视中，青海湖的神情，让人很难揣度。在它面前，人世间的一切功名利禄变得如此黯淡、微弱、渺小。但，你是否能真的放弃沉郁已久的各种欲望，超离凡尘，让自己的心安静下来？

草原依旧不能回答你，唯有你的心，唯有你自己才能救助你自己，让生存归于永恒。

300 年前，湖畔曾经留下过一个孤独无依，迷惘绝望的身影。那是仓央嘉措，五世达赖的转世灵童，离我们既遥远又亲近的诗人。他一生短暂，却为我们留下了 60 多首传扬在草原上的情诗。他扑朔迷离的身世，留下了与这片湖水，难以割舍的不解之缘。

有人说他被处死在青海湖畔；有人说他还俗于青海湖畔，成了牧羊人；又有人说，他在逃亡途中，被青海湖打动，在去往心心所念的“理塘”，驾仙鹤西去之时，氤氲在碧水蓝天中！

多年后，西部歌王王洛宾在大湖北岸金银滩草原，因与千户之女卓玛的一段情缘，创作了《在那遥远的地方》，一首充满深情别恋的旷古绝唱。晚年时，王洛宾来到金银滩，想再见见卓玛。可他没能如愿，一切和从前不一样了，只有这首歌曲，一直像鲜花一样散发着浓郁的芬芳，回荡在草原。

哲人们说，人生最大的快乐，是内心的宁静。可又有多少人能做到这一点？青海湖湖心偏南，距南岸约30多公里的地方，有一个孤岛海心山。山体由花岗岩、片麻岩构成。一年四季有别,各有美意,夏季如绿色长叶飘在湖面，秋天如白色海螺静卧于天湖之间。

海心山四周环水，远离尘世，千百年来与尘世隔绝。可汉代时，却有僧人于冰合时出海取一年之粮而入居，在岛上修行，整年不复出。自藏传佛教名僧、夏嘎巴活佛在海心山苦修之后，海心山在教徒心目中的地位更加神圣。在海心山修行一天，相当于在其他地方修行7天，故而，更多的修行者来到海心山，期望自己在岛上苦修、祷告、守斋的日子，能让普天下蒙受精神苦难的人脱离苦恼，保持心地明净，成为幸福的人。

古代有诗云，“一片白银浮白雪，无人知是海心山”。有多少人知道，这茫茫湖水中，还有这样一处清幽静心，安顿心灵的地方。

青海湖东北岸的沙岛，也是秋天的好去处。那里生长着芦苇、马莲，离湖水不远，有淡水，月牙湖、太阳湖。秋风荡漾时,湖水涟漪,沙丘泛金,黄绿色的芦苇随风摇曳,一只只鱼鸥脚步轻柔，站在芦苇湖厚厚的苔藓上，像一位位仙子梳理着羽毛。我一直以为,沙岛的秋天最美。阳光、沙滩、芦苇和淡水湖蕴含的生命迹象，甚至沙漠中生存的小蜥蜴，都足以使我们感受和理解生命的本质。

正午之后，秋天的原野厚重丰满，像一位露出倦怠之色的美妇，伴随湖水的从容而从容，优雅而优雅。此时，草木微吟低唱，满身秋华，不再惊慌的珍禽野生动物普氏原羚，终于得以在湖水边缘，有沙漠的地方来往觅食，早出晚归。这些因栖息地破碎、种群分割、基因交换困难等诸多问题，仅衍息在青海湖南山、湖东，数量极少，极度濒危的野生动物普氏原羚，之所以会生活在这里，不至于完全消亡，是因为湖东种羊场与小北湖一带半固定沙丘和流动沙丘人迹罕至，成了普氏原羚的避难所。

说起来，极度濒危的野生动物普氏原羚、湖水中唯一的水生生物青海湖裸鲤和雪豹、藏野驴、黑颈鹤、玉带海雕、野牦牛才是青海湖真正的主人，唯有它们才能以自然之性，天地造化之功，使这片美丽而广阔的湿地，永远保持新鲜旺盛的活力，并以它自身的生存智慧，成就青海湖流域丰富的草原文化，诗性般洒脱的魅力。

也许，自然生命的生存并不需要人类，但人类的生存却必须依附多样化的生物物种。希望人类能够在充分意识环境恶化，同时在加剧人的心灵生态，被影响、被物化的严峻现实后，将生存问题从狭隘的人类自身，扩展到地球上互为依存的所有物种，体会大自然对于人类的真实含义。

秋天的青海湖幽雅、超脱，像天空中飘动的云，舒展、自由、飘逸，这是一种命定的美。忘我，却并不忧伤。

冬

群山在耀眼的红晕下露出层层皱褶，向遥远的天边绵延而去。金色的草地似起伏的波涛在银色的湖岸滚动。天地间相融的光明，照在晶莹闪亮的湖面上，冬天的青海湖辽阔无垠。

这是一年四季中，青海湖最荒芜、寂寥的日子，也是最明净、素颜、澄澈的时节。逐水草而居的牧人，遵从世代沿袭的生活习惯，正在接受大自然富有生命气息的召唤，准备把夏秋季节迁至大山深处的牛羊、帐房，转移到避风、温暖，离湖水不远的地方。

此时，湖岸干爽、发黄的草地成了最好的冬季牧场。牧人们选择理想的草地，撑起帐房，安置好家当，又一次谨慎而认真地面对漫长的冬季。无非是守望湖水、神山，转动嘛呢，吟诵吉祥祈福的经文，眯着眼睛，盯着黑色的帐房里飘出的阵阵炊烟。

迁徙的路线是祖先们定下的，没有人违背祖训。

迁徙的过程是艰难的，但牧人们毫无畏惧。

这其中，充满悲壮欢乐，生与死的考验，澎湃生命的足迹。

站在阒无一人的草原上，感受光与影在冰封如玉雕般圆润的湖面上，发生的微妙变化，是一件幸福的事。有些地方像一面平滑、巨大的镜子，在曙色中闪动着橘红的光泽。有些地方水蛇般拧动着淡蓝色的身子，那是因为湖水结冰的过程是缓慢的，而湖边夏日里浪涛喧嚣，与大地接壤的橙色的湖岸，曾经飞跃、旋转、舞蹈过的湖岸线，早已凝固成一道道优美的弧线。

冬日的太阳光芒四射，亲吻着青海湖冷艳如冰的湖面，岸边每一根吮吸着地下水源的草根，都在尽可能地让每一个新鲜的生命，每一段强劲的音乐，在苍苍茫茫的蓝天白云下无限伸展。

南山脚下，紧挨着湖水的地方长着一棵挺拔的白杨树。虽然孤独、寂寞、低调、普通，但因为生长在日月山以西，海拔 3000 多米的湖岸，便有了一些不同寻常的意义。每一次，经过它身旁，或驻足岸边，凝视它卓然而立、从容自若的样子，都会心生感喟，涌起难言的悲怆之感。就像去年冬天乘摩托车踏冰冒险去海心山，见到莲花庵里稚气未脱的尼僧一样。既敬重她们的无畏与坚韧，又不可抑制地，对她们产生了情同姐妹般的依恋与不忍。

一棵白杨树，就这样长在那里，毫不张扬地，静静地，执拗地长在那里。冬天的雪落在它的身上，春天的风吹在它的树梢上，每一只南来北往的斑头雁都忍不住对它颔首致意，表达思念。

但是它，依旧很朴素很平静地长在那里，傲然独立，神情自若。

许多人以这棵树为背景，或者站在它的角度观赏青海湖，并留下了无比和谐的美的画面；也有人体会到了生命原有的姿态，感受到了人类和自然之间，血缘般亲密的亲属关系；还有人目睹了这片湖水是怎样在原始的青春里萌动，环湖植物每一片微弱的密叶又是如何在青海湖边新生的土壤里展开、奔放、凋零、重生。

更何况，除此之外，冬日青海湖空邈的荒芜里，还暗藏着出奇的生命世界。封冻的湖面下，唯一的水生物种青海湖裸鲤，在相对温暖的深水里游动，等待春天产卵洄游的日子；有着可以食用的有机物和淡水的泉湾、那尕则滩涂以及布哈河沿岸，那些冬季不封冻、人畜不易进入，有水草和浮游生物的湿地，长着芦苇和苔草的浅滩，都为陆续来自俄罗斯北部、西西伯利亚以及新疆巴音布鲁克等地的天鹅，准备好了良好的育雏区和栖息之地。由于近几年保护措施得当，冬季在青海湖流域见到上千只比雪还要白的天鹅，已经不是一件很困难的事。可以想象，在冰雪环绕的深蓝色的湖水中，美丽的天鹅或轻轻浮动，或展翅飞翔，或喃喃自语，在阳光下梳理羽毛的身姿该有多么动人。

冬夜降临，青海湖畔荒芜透明，人迹罕至。深邃的夜空中，硕大的星星通体发光，冷峻逼人，仿佛黑色的天幕已无力支撑这些耀眼夺目的躯体，随时会掉下来，砸在草地上。

通常，这样的夜晚极其寒冷。冷得透彻心扉，冷得心无旁骛，透过冰雪严寒，透过此间的空旷与苍凉，悟到生命的另一种存在方式。

静静的，一个又一个冬夜悄然过去，朦胧的天宇中，圆圆的月亮还挂在天上。冬天，是食物短缺的季节，牧人们还没有从睡梦中醒来，雪豹、藏野驴、玉带海雕、鹅喉羚、高原鼠兔不得不在大雪纷飞的清晨，睁开眼睛，在荒野里寻找食物。雪雀、黄雀、鹰雀、百灵、黑尾地鸭，冲破风雪在空中遨游。真想知道，漫长的冬天，它们怎样度过，会不会和春天百花盛开时一样，放开喉咙鸣叫。另外，可以肯定的是，还有一些冬眠的野生动物，比如棕熊，比如喜马拉雅旱獭，是藏在哪个山洞里了吧？总之，都在想办法照顾自己，安全过冬，等待春天来临。

清晨，天上飘着雪花。深冬的湖水，被白雪覆盖。周围，山峦平缓在云雾中若隐若现，银色的山形，平复着内心的不安。我小心翼翼地行走在厚厚的冰层上，任白雪吹打，浸湿我通红的面颊。极目远眺，冰雪连天，已无法分清哪儿是天哪儿是湖，就连我自己好像也变成了小雪人。接近正午，天上的云不知被什么东西突然抽走，露出了本来的模样，与晶莹透亮的青海湖一起，通向不可捉摸的天界。

白与蓝的组合，纯洁的颜色。

一切静止不动，只剩下简单的色块，简单的思绪。

如果说，夏日的青海湖色彩明朗、鸟语花香。那么，冬天的青海湖便是站在荒凉的山岗，面对月亮、苍穹、冰雪和金黄色的针茅草，领略大自然的本色，让身心自由，精神融入天然的安宁之地。

冰清玉洁，气韵生动。无隔绝的美，绵延不尽。

龙仁青

百灵鸟：掩去高贵的布衣歌者

龙仁青，小说家、翻译家，1967年3月出生于青海湖畔。1990年开始文学创作及文学翻译。先后在《人民文学》《中国作家》《民族文学》《芳草》《章恰尔》等汉藏文报刊发表原创、翻译作品。作品多次入选《小说选刊》《小说月报》《中华文学选刊》等选刊类杂志及《中国短篇小说年选》《中国短篇小说年度佳作》《中国短篇小说经典》等年度选本。创作出版有"龙仁青藏地文典"（三卷本）、小说集《光荣的草原》《锅庄》等；翻译出版有《当代藏族母语作家代表作选译》《端智嘉经典小说选译》《仓央嘉措诗歌集》《居·格桑的诗》及《格萨尔》史诗部本《敦氏预言授记》《百热山羊宗》等。作品曾获中国汉语文学"女评委"大奖、《青海湖》文学奖、《红豆》文学奖等，入围第五届鲁迅文学奖终评。中国作协会员、青海省文联委员、青海省作协副主席、青海省《格萨尔》工作专家委员会委员、青海省民族文学翻译协会副会长兼秘书长。

百灵鸟：掩去高贵的布衣歌者

孤独的歌唱

牧人行走在天地之间，广袤的原野从他的脚下延伸而去，一直到遥远的天际。牧人把一只手搭在额际，举目眺望，他看到在原野的尽头，蜃气像流水一样浩荡地流淌着，让远处的一切变了形，走了样。原本坚固挺拔的山峦变得就像是一种流质的物体，在蜃气中时断时续，忽隐忽现。牧人感受到巨大的自然的力量，感受到自己的渺小。而像自然力一样巨大的孤独也时刻不停地向渺小的他袭来，他觉得应该找一个安全的处所藏起来，比如帐篷的火塘一侧，抑或是阿妈满是汗渍和牛奶的膻腥味道的皮袄怀抱，但这一切只是从脑际里一划而过，可望而不可即。

因为他已经长大了。

写下这段文字，忽然发现那个虚构中的牧人，就是我自己。

记得在小时候，在放牧的路上，每当别人家的牧羊犬——一只藏獒愤怒地狂吠着向我奔跑过来时，我心里充满了恐惧，而这恐惧，与此刻的我——那个牧人心里的孤独何其相似。

记得，我第一次遇到一只藏獒，拽脱了拴着它的铁链，向着我冲过来时，我的阿爸及时赶到，一把拽住正准备落荒逃去的我，定定地站立在原地。因为有了阿爸，我心里的害怕立刻减损下来。那只藏獒冲到离我们大概十步之遥的时候，停下来了。它不断地叫着，做出要冲上来的样子，却没有再向前靠近。“不要跑，要停下来，必要的时候要迎上去！”阿爸说。后来，阿爸的这句话成了我生活中的一个处世经验，从此，我有了对付草原上的野狗、野狼，甚至一些困境和劫难的经验——虽然，我后来的生活，从我原本的轨道上偏离出来，完全告别了草原，成为一名在城市里求生的人。

记得我刚刚开始发表东西的时候，有一家报纸采访我，并写了一篇有关我的新闻通讯，题目是《栖息在城市的游牧灵魂》，第一次看到这个标题，我心里就有一种被钝器击中的尖锐的疼痛，我感知到了这个题目的锋利，如今，时过境迁，我依然能够感觉到。那时候，我曾写下一首诗，收在一册多人入选的诗集里，我还记得那些稚嫩的诗句，却也是我至今不能释怀的一种感觉：

难以言说的世界
枯黄的牧草覆盖草原
离我攀援的楼梯
是一片苍茫的怀念

秋风以外
一只野鸟啁啾着往事
暮色里
撒欢的牛犊忘记了回家
怀念因此苍茫啊
因此苍茫

驻足于楼梯回望
如一匹孤兽
回望着不复存在的森林

我记得小时候，有一个习惯，走在风里的时候，便张开嘴，让风刮进嘴里，我控制着口腔——张开或微微闭合，同时不断收紧和放松两腮，并灵巧地运用舌头——不断地吐出来或缩进嘴里，如此，风便开始在我的嘴里唱歌，低吟出我会唱的某首歌的旋律。在这种时候，我会暂时地忘记孤独，进入一种自我迷醉的状态。但孤独还是会忽然跳出来，立在我面前，让我大吃一惊。每每这个时候，我会不由自主地大叫一声，一如我虚拟的那个牧人。

此刻，牧人面对巨大的孤独，他忽然想起了早已去往西方极乐世界的阿爸，想起了阿爸说的那句话——我阿爸去世时我 19 岁，他在病床上给我说，我还没给你娶个媳妇儿呢，没完成任务啊！至今，每每想起这句话，心里立刻充满悲凉——他停下来，向着自己的周围看去，他看见流水一样的蜃气在他的四周涌动着，他完全被淹没在蜃气形成的看得见却摸不着的流质之中。他忽然大叫一声，接着又大叫一声,并向前走了几步。“必要的时候要迎上去！”阿爸的这句话闪现在他的脑际里。就这样，他把他的声音续接起来，慢慢地，他发现他是在歌唱，一首牧歌在他的头顶盘旋着，就像是一只苍鹰。他也真的觉得不再那么孤独了。

后来，唱歌成了牧人消解孤独的一种方法，他发现，孤独是害怕他的歌声的，只要他唱起来，孤独就会躲开他。于是，每次出牧，只要离开帐篷，只要走上原野，他就开始唱歌。而歌声也从当初的咿咿呀呀的无词之歌慢慢地有了几个简单的句子，而这些句子，则是他依据自己看到的东西即兴随意地添加进去的，比如，刚刚下了一场暴雨，此刻一道弯弯的彩虹出现在天际，他就唱道："五色的彩虹搭起了帐篷。"再比如，盛夏季节，灿烂的野花盛开在草地上,便唱道:"大地的头上插满了鲜花。"他就这样唱着。偶尔累了，便停下来，说说话，他对彩虹说："白云是不是要到你家帐篷做客啊？"他又对大地说："你难道是农业区来的那些种青稞的女人吗？头上还戴着那么多花！"

后来，这样的情景，被我写进我的小说里。记得，我曾写过一篇小说，叫《光荣的草原》，其中一个情节，便是小说里的主人公与白云说话，甚至与一群蚂蚁吵架。这些都不是虚构的，是我小时候的真实写照。记得小说发表后，一位素不相识的评论家写了一篇评论，题目是《当孤独成为一种审美》，最初看到这个题目，我心里同样尖锐地疼了一下。这个题目一如那个《栖息在城市的游牧灵魂》

一样，对我，也是锋利的。

这时候，牧人忽然发现，这天地之间，虽然就只有他一个人，但这并不妨碍他说话，他可以和任何一样东西对话：原野上的花花草草、天上的飞鸟、河流里的小鱼，甚至一块石头，一堆干透了的牛粪。牧人一眼可以看出，这一堆牛粪是去年冬天的，冬天没有那种吃粪的飞虫，这堆牛粪因此保存得非常完好，加上它的外皮呈现出一种铁青色，而不是常见的黑色，种种迹象都表明了它被一头牦牛留在这里的时间——小时候，我在家里的工作，除了放牛，就是捡牛粪，至今，每次到了草原，看到某片草原上到处是牛粪，我就会有一种停下来捡拾的冲动。的确，我也真的可以一眼看出一坨牛粪的季节和时间。

牧人发现，除了他，在原野上喜欢唱歌的还有一只野百灵。它对唱歌的热情与执著，比起牧人来，有过之而无不及——正是一只凤头百灵的歌声，打断了牧人的歌声。牧人循着歌声举目看去，他什么也没看到，那声音充满了整个天空，也充满了整个草原。牧人猜测，这只野百灵，有着和自己一样的孤独。

牧人想到这儿，心里有了一种类似同病相怜的感觉，于是他噤了声，认真地听起来，他听到了草原上几乎所有的鸟禽鸣叫的声音:鹰隼、大雕、黑颈鹤、戴胜鸟、地山雀、雪雀、啄木鸟、红尾鸲……不论是候鸟还是留鸟，凤头百灵把它们的叫声贯穿在一起，让人恍若走进了一个交响着各种鸣禽的歌声的百鸟园。

后来，我从一个退休后侍弄鸟儿的老人那里知道，一只被养在鸟笼里的百灵鸟，有十三口，意思是需要叫出十三种不同动物的鸣叫声，例如猫叫、小狗叫等等——我难以想象一只百灵鸟去模仿猫狗的声音，那是多么无奈，那是一只已经远离了草原，失去了自由的百灵鸟，在人类的驯服下的屈服与妥协，已经不是一只自由的野百灵在它的天地之间，由着自己的性子无遮无拦地肆意鸣唱的样子了。老人的话让我想起了一个曾经在我的家乡青海无人不知的“花儿”唱家,她从草原和田野间自由随性地唱着“花儿”“拉伊”走来，歌声里自然带着青稞野性的馨香和酥油奶茶特有的膻腥味儿。在那个电视还没有普及，网络更是一种谁也没有听说过是什么魔法幻术的时代，她的歌声通过广播，传遍了青海的草原和田野。后来，她的声音从广播里消失了，那些每天期盼着听她在广播里“吼上两嗓子”的牧人和农民们不知道发生了什么。后来，大家才听说，因为她唱得好，国家把她送到了上海、北京，让她在那里的音乐学院深造，让她唱得更好听。后来她回来了，可是，那些牧人和农民发现，她已经不会唱歌儿了，歌声里没有了青稞野性的馨香，也没有酥油奶茶的腥膻味儿，就像被什么洗去了一样。于是，有一句来自民间的，对这位女歌手的评价便在我的家乡传开了：“唱家是好唱家，学上坏了！”

——那只凤头百灵，还模仿了它的近亲——角百灵的叫声，牧人心里想，单单从鸣叫的本事去看，如果凤头百灵是一个在草原上声名远播的歌手，那么角百灵也只是一个小小的学舌者，大可不必去模仿它。

那时，我是草原上的一个小牧童，也像这个我虚构的牧人一样，经常听到凤头百灵婉转又悠长的歌唱，当我听到它像唱一首如今叫作“串烧”的歌曲一样，把许多鸟儿的鸣叫声串在一起，其中也有角百灵的声音时，我也会产生和牧人一样的想法。如今，经常看到电视节目里各种模仿秀，他们极力去学那些比他们有名的歌手的声音，甚至穿上和他们一样的衣服，留着和他们一样的发型，甚至不惜把自己的名字也改成与那位歌手接近的名字。看着他们，我也会想，比起他们来，百灵是一个名副其实的模仿高手，每一种鸟类的叫声，它都会惟妙惟肖地唱出来，但它从来不会改变自己，也不会只去模仿那些有名的鸣禽。它的歌声随性而又自由，它就那样其貌不扬而又我行我素地歌唱着，歌唱着它自己的精彩。

弟弟的角百灵

说到这些，我就会想起我的堂弟，他叫生来。在我小时候，是我最好的玩伴，也是和我玩得最长久的一个人。那时候，我们几乎整天厮混在一起。初春的时候，我们到小牧村边缘的小溪旁去挖蕨麻——这是一种委陵菜属的植物的块根，俗称人参果，是一种味道极其鲜美的野生食材，在藏族餐饮中经常作为各种荤素菜品的配菜。那时候，我们就像是两个老道的农民，已经积累了丰富的挖蕨麻的经验，单凭目测，就知道哪些地方的蕨麻多、个头大。采挖蕨麻的季节，我们各自拿着一把镢头抑或一把小铁铲，在离村子不远的地方挖蕨麻，一挖就是一整天，一日三餐全部以挖得的蕨麻充饥，即挖即食，一直到太阳要落山时才赶回家里。记得我家隔壁，居住着一家牧民，依照当时的成分，他家是牧主，这个牧主分子幽默风趣，他分别为我和生来取了绰号。我叫“丹卡”，意思是泥嘴——那完全是吃蕨麻的结果，而我堂弟生来叫“然久”，意思是蓄小辫子者，生来幼时多病，在他之前所生的孩子也都夭折，为了能够存活，幼时便留了辫子当女孩子养活——这是故乡的习俗，幼时多病者，男孩子假以女孩子养着，或以小猫小狗命名，总之，使其身份从名字和性别上“低贱”下来，便能够存活。

等到了母牦牛产下牛犊，我和生来的活儿就是每天放牧小牛犊，小牛犊出生后，要和母牛分群放牧，这样才能够保证我们可以从牛犊口中掠夺它母亲的奶汁。看管小牛犊的，往往是家里的半大孩子。

牦牛生下牛犊开始产奶的季节，恰好也是草原上各种鸟儿产卵的季节。

我们有个共同喜欢的游戏，这个游戏只属于生活在草原上的孩童，就是在那个春末夏初季节，在草原上寻找鸟巢。我敢说，在寻找鸟巢这一点上，我们具有堪比鸟类专家一样丰富的经验——我曾经是青海一家媒体的记者，有一年初夏，我和几个同事前往青海湖南岸的江西沟草原采访，当我们的采访车路过一片盛开着棘豆花的草原时，我让开车的同事停下车来，我说：这里一定有鸟巢！车上所有的同行都很意外地看着我，以为我在信口胡说，想找个理由让车停下。当车停稳后，我走下车，走向那片草原，并很快在一簇棘豆花下，找到了一个鸟巢——在棘豆花的枝叶的遮掩下，用草原上常见的干枯的牧草搭建的圆形鸟巢，精致得如同人工所为，两枚鸟蛋安静地卧在鸟巢中，这是角百灵的鸟巢，也是在草原上最容易寻得的鸟巢。

我和我弟弟生来，每年到了草原上的各种鸟类，特别是那些留鸟产卵的季节，便开始四处游荡，一边放牧，一边寻找鸟巢，我们找到的大多数鸟巢，便是角百灵的鸟巢。那时候，我们每个人会找到三四十个鸟巢，然后会在鸟巢附近做一个记号，我们会把记号做的看似不经意的样子，只有我们能够辨认，以免让其他人看到——在我的家乡，那些专事捕捉野狐狸或者其他小动物的猎户，也有事先踩点，做好记号之后再去捕捉的习惯，我们生怕引起这些人的注意。做记号，还有一个原因，角百灵的鸟巢，搭建在草原上，所用的材料是就地取材的枯草，也就是说，他们利用大环境的色彩，完全把自己的鸟巢隐藏在了其间。美国自然文学作家约翰·巴勒斯曾经讲过一段故事：他和友人在牧场上发现一处刺歌鸟的鸟巢，却在他们走出三五步时“得而复失”，再也找不到了，“这个小小的整体，与整个牧场成功地融合成了一个整体”。他对刺歌鸟鸟巢的描述，与我小时候经常见到的角百灵的鸟巢是何其相似，发现一处鸟巢，转眼间却再也找不到，这是我们少年时多次的经历。

约翰·巴勒斯在描述刺歌鸟的鸟巢时，用了一句诗一样精妙的语言："辽阔隐藏了渺小。"他通过观察发现，刺歌鸟泰然地把鸟巢建在辽阔牧场的中心，利用牧场上常见的枯草筑巢，小小的鸟巢和草原及它的雏鸟羽毛的颜色几乎一模一样。刺歌鸟就这样凭借成功的伪装，把鸟巢建在一览无余的牧场。

小时候，我们从来不会拆毁发现的鸟巢，拿走鸟巢里的鸟蛋。这倒不是说，我们从小就具有保护环境或保护动物的意识。那时候，我们已经懂得大人们口中的杀生是一个可怕的词汇，也是一种可怕的行为，如果做了杀生的事，不单单是掠夺了那些弱小的生命，而且也会殃及自己的生命、运势，给自己带来不好的命数。

那时候，我们发现了鸟巢，做好记号后，就会隔三岔五地来探望，直到鸟雀在刚刚搭建的鸟巢里产下鸟蛋，趴卧在鸟巢里一天天地孵化，直到有一天，一对儿，或者三只尚没有长出羽毛的，闭着眼睛的雏鸟破壳而出——我们把这样的雏鸟叫作"净肚郎娃娃"，这是一句青海汉语方言，原本指的是出生不久，没穿上衣服，还在襁褓里的婴儿。当雏鸟破壳而出，我们的探望就会频繁起来，几乎每天都会来看，俨然就是一个痴心于野外观察的鸟类专家，直到雏鸟的羽毛一点点地丰满起来，直到它们慢慢长大的身躯不能安放在小小的鸟巢里，直到它们的父母带着它们飞离鸟巢。

那时候，一年里的每一个季节我们都在忙碌着，捡牛粪、拾蘑菇，这些都是我们必须要做而且也喜欢做的劳动项目。那时候，我们的玩具是劳动工具，而我们的游戏，则就是劳动，寓“劳”于乐，我们就是这样成长起来的。

在这个游戏里，我和弟弟生来最喜欢的游戏内容，就是将各自发现的鸟巢指认给对方。这种时候，一般都是作为一种交换条件的。

那时候，堂弟生来家的生活条件比我家好，他不时会有一颗水果糖或牛奶糖含在嘴里，看着他因为嘴里含着糖而鼓起来的腮帮子，我的口水就会忍不住地流下来。有一次，我和弟弟生来正在放牧小牛犊，又看到他嘴里含了一颗糖，听到糖在他的口腔里愉快地滚动的咕咕声，我有些受不了，于是我对他说：“生来，我领给你一个大百灵的雀儿窝，我咂一下你的糖。”

生来同意了，他从嘴里吐出已经被他含在嘴里变得很小的水果糖，递给我，说："那你呡一下。"

我立刻把嘴凑过去，接住了他伸到我眼前的水果糖。

呡，青海方言，指的是把食物含在嘴里，用舌头的味蕾感受食物的味道。那一天，我呡着生来塞到我嘴里的糖，那香甜的味道，似乎至今还留在我的舌尖上。

那时的我们，尚不知道贪婪，我呡着弟弟的水果糖，但也克制着自己，只呡了一会儿，便又吐出来还给了他。

作为呡了他的水果糖的报偿，我当然要履行带他去看一个鸟巢的承诺，而这样的鸟巢，一般不会是角百灵的鸟巢，因为角百灵的鸟巢太常见了，而是一个不容易找到的鸟巢，一个在我看来比较重要的鸟巢，比如被我们叫作大百灵的蒙古百灵。

我的弟弟生来长大后，和他的母亲——我的伯母，一直生活在青海海西。有一年，我去看望伯母，弟弟一直陪着我，我们聊及小时候一起找鸟巢的事儿，说到动情处，他对我说，一定要再一起回到小时候居住过的草原找一次鸟巢。他还笑着对我说，到时候我带上水果糖，给你呡！

我们哈哈大笑着，便这样约定了。可是，就在那一年，他生病了，当时，我远在北京，听到他病重的消息，我放下正在忙碌的事情，从北京赶往青海。在首都机场等候飞机的时候，我心急如焚，悲痛难忍，一种难以发泄的情愫拥堵在心头，不知道如何释放。我便给刚刚认识不久的著名藏族歌手容中尔甲发去短信，诉说心里的悲痛。容中尔甲即刻回复我，说了许多安慰的话。自此，我和尔甲成为无话不说的挚友。

普天下的雌鸟

我对表现亲情的画面和文字没有一点儿抵抗力。春节前夕，央视做了一些公益广告，主题是家人团圆，一起过节。其中有一段广告是，正在着急等待着在外打工的妈妈归来的女孩儿，回头望向屋门时，刚好看到母亲推门走了进来，便高喊着“妈妈”，飞跑着迎上去扑进了妈妈怀里。还有一段，女儿要回家过年，不想飞机晚点了，便打电话告诉家里，吃年夜饭时不要等她。年夜饭的饺子上桌了，父亲却没去吃饺子，而是穿上棉衣走出家门，到路口去等女儿……因为是广告，不断滚动播出，我也是一遍遍地看了好几遍，但每次看到，我都会流出泪来，不能自已。

2017 年的夏天，我的家乡，青海湖畔的铁卜加草原一带曾经降下一场冰雹。大概是第二天吧，就有一个视频开始在微信朋友圈里不断转发。画面里，是一只已经死了的角百灵雌鸟，当镜头慢慢推进时，一只手伸进了画面，把角百灵雌鸟的身体扒拉了一下，就在那可怜的母亲的身体被扒拉开的瞬间，画面上出现了原本被它的身体所遮掩住的一个小小的鸟巢，鸟巢里是几只尚未长出羽毛的幼鸟，因为忽然有了动静，这些幼鸟就像是忽然醒过来了一样，个个伸长脖子，张大了嘴喙，把嘴喙高高地升向空中。它们饿了，饥饿地等待着父母衔来的食物。天哪，它们还不知道，在冰雹来临的时候，它们的母亲扑向它们，用自己单薄的身体护住了它们，一直到冰雹把自己砸死，也没有挪动一下！此刻，母亲已经死了，而这些幼鸟却浑然不觉。当我看着这个画面，泪水一下子涌出了眼眶，再也不敢打开这个视频，再多看一遍。我不知道这些幼鸟的父亲，已经失去了妻子的那只雄鸟，会不会单独承担起抚养子女的义务，把这些幼鸟拉扯长大，但依照角百灵的习性，雄鸟是会放弃对它们的养育的，这些可怜的幼鸟，最终也会随它们的母亲而去！如此一说，就觉着这只伟大的雌鸟死的不值。可是，当一个母亲，看到自己的孩子即将遭遇不测时，保护孩子，便是她本能的选择。这个世界上，也只有母亲会毫不犹豫地做出这样的选择吧！近日听到一个故事，说深圳有一位母亲为了给儿子治病，从容地跳楼自杀了，原因是她有一份保险，如果她死了，家人会得到一份赔偿，这份赔偿可以减少他的家人给儿子治病的巨大经济压力。可是她不知道,保险公司对自杀行为是不予赔偿的！这种行为，与那只角百灵雌鸟何其相似！

普天下的雌鸟啊，普天下的母亲啊！

美国自然主义作家约翰·巴勒斯在他的一篇文字里描述了一种叫三声夜鹰的鸟儿，他这样描述这种鸟儿的一种“异常”行为：当作者靠近三声夜鹰的鸟巢时，受到惊扰的雏鸟跳跃了一下，接着便安静下来，闭上眼睛，完全不动了。“在这种场合下，那亲鸟做出疯狂的努力，试图把我从它自己的雏鸟那里骗走，它会飞出几步，掉在地面上，抽搐着，犹如死了一样，有时还会震颤着它那伸直的翅膀和俯卧的身体，同时它会敏锐地观察自己的诡计是否得逞，如果没有得逞，它会迅速恢复过来，移往别处，试图一如既往地吸引我的注意力。当我跟随它，它就总是歇息在地面上，以一种骤然的特殊方式坠落下来。”美国作家梭罗在他著名的《瓦尔登湖》里描写了他在丛林里看到的山鹬一家：一只山鹬雌鸟带着它的几只幼鸟觅食，“母鸟发现了我，于是它从幼鸟身旁飞开，围着我周旋起来，越转越近，在四五英尺处，假装折翅瘸腿，诱使我注意，让它的孩子们趁机溜掉，那些幼鸟已经在它的计谋下跑出了池沼。”在我小时候，在凤头百灵身上也看到同样的行为。我还记得我第一次看到这种情景时的样子。有一天，我和生来一起放牛，当我们把牛群集中起来统计数字时，发现少了一头，显然，又是我家那头白牦牛。小时候，我家里有一头腹部些微有些黑色的白牦牛，因为它与众不同，它的名字反而简单，就叫白牛。白牛不在牛群里，我和生来便去找它。正是盛夏季节，草原上的牧草长得很旺盛，我俩经过的地方，是一片高草区，一种被我们叫作“孜多”的纤维粗硬的牧草淹没了我们的膝盖。当我们走到高草区的中心部位时，忽然，一只凤头百灵飞了起来，但它明显受了重伤，垂着头，耷拉着翅膀，只飞了几步远的地方，便硬生生地掉落在地上，我和生来不约而同地去追它，就在我们就要靠近它的那一刻，它又重新起飞，但依然不能很好地飞翔，它吃力地扑棱着翅膀，飞了几步远，又落了下来。就这样，我们一直跟随它走出了高草区，它这才像伤势忽然痊愈了一样飞走了。我回家后，就把路上的所见说给父亲，父亲听了说，遇到这种情况，说明凤头百灵的雏鸟就在附近，它是为了保护雏鸟才假装受伤的。果然，第二天，我和生来再次到那片高草区，那只凤头百灵故技重演，为我们上演了它身受重伤的骗术，我们也很快找到了它的鸟巢以及匍匐在鸟巢里的几只雏鸟。后来，我多次遇见同样的情况，亲鸟假装受伤的异常动作反而提示我去寻找它的鸟巢，几乎无一例外，都能在它起飞的地方找到鸟巢或者它的雏鸟。那时候我就想，它的这一伎俩，可能会骗过那些以鸟为食的猫头鹰或者藏狐狸什么的，但对人类，反而会暴露目标。后来，我在电视里也看到过类似的画面，介绍一种同样有这种佯伤行为的鸟类，不是三声夜鹰，也不是凤头百灵，这种鸟儿被解说者称作是北美鸻鸟，但与我所知的鸻鸟却大相径庭，它便用这种行为，骗走了接近它的雏鸟的一头笨狼。后来我专门查阅资料，并根据资料判断，电视画面中那只亲鸟，那只勇敢可爱的鸟妈妈，应该是斑麦鸡，它很像鸻鸟，但不是同一种鸟。

掩去身份的歌者

我发现，在我身边的人群中，大多数人对鸟儿是视而不见的，由此我判断，他们对其他事物，比如对野花也是同样的态度。我曾在我的微信朋友圈里发过一组蝴蝶的照片，标明这些蝴蝶都拍摄于我生活的城市西宁，有人看了便问我：西宁还有蝴蝶吗？看着这个坦然得没有一丝不好意思的问题，一下噎住了我。我想象，久居城市的人们走在路上的时候，目光之内只有路标与方向，行人和车流也只是路标与方向的另一部分，他们不会在意和他生活在一起的还有许多鲜活的生命。这些人无法也懒得去分辨此鸟与彼鸟的不同，在他们眼里，所有飞过他们眼前，瞬间影响到了他们视线的鸟儿以为都是麻雀。美国自然主义作家约翰·阿勒斯也发现了这一点，他说：我想象大多数乡村男孩都认识泽鹰。这句话所透露的信息是，只有乡村这样一个更加接近大自然的所在，以及生活在这里的男孩对大自然还尚充满好奇，才有可能认识野生鸟禽。书写了《沙乡年鉴》的美国作家奥尔多·利奥波德对这样的人们充满了意外和惊讶，他写道：我曾经认识一位很有教养的女士，她佩戴着全美优等生荣誉学士的标志。她告诉我，她从没听过，也没见过，那些一年两次在她的阳光充足的房顶经过，以昭示季节交替的雁群。这位作家写到这个情景后，忍不住批评道：难道，用意识换取只要些许价值的东西的过程就是所谓教育吗？若是这样，那大雁用意识换取的，不过只有一堆羽毛罢了。

约翰·巴勒斯曾经流连忘返于哈德逊河流域，与那里的鸟儿们生活在一起。他沉迷于各种鸟儿们婉转悦耳的鸣唱之中，用深情的文字描绘了那些鸟儿们的鸣叫声。他试图用文字去接近声音，让人们通过阅读这种视觉的手段去抵达听觉所能享受到的美妙。他发现了这其中的艰难，他也发现“造物主拒绝把所有亮丽的色彩赋予它们，相反却把美妙而悠扬的嗓音赋予它们。”他用这句话描述了白喉带鹀、雀鹀等像他一样徘徊于哈得逊河畔的鸟儿们。而他的这句话放在我家乡的百灵鸟——凤头百灵、蒙古百灵、短趾百灵、云雀等身上，却也是那样的恰如其分。几乎所有的百灵鸟都其貌不扬：头部带有装饰效果的白色条纹和基本是白色的腹部，作为鸟类最为重要的翅羽和背部颜色则是含混不清的棕褐色和黑色间杂的斑纹，嘴喙和双爪是暗淡的灰黑色和棕褐色。记得我曾在微信朋友圈发过我家乡的小寺院——尕日拉寺附近拍到的百灵鸟图片，便有一位作家朋友表达了他的失望，“这就是百灵鸟啊？好失望，或许这就是人生吧！”他留言说，并附上了三个哭泣着的表情。看着他的留言，我心里也微微有些失望，我的失望来自他以及和他一样的人们对百灵鸟的浅显认知，我知道，我是无法表达我对百灵鸟的热爱，并把我的热爱传染给他，抑或说，我无法让他明白我对百灵鸟歌声的迷恋，使我已经对它的体形颜色忽略不计了。好在，他的情绪，并不会减损我对百灵鸟热爱的一丝一毫。

其实，其貌不扬是百灵鸟出奇制胜的防弹衣，它就是凭借着它的其貌不扬——平庸的鸟巢，混杂的羽毛，保护着自己，保护着自己的雏鸟，保护着自己的后代。

还不仅仅如此。

即便是百灵鸟，它的雏鸟却是不发出声音的——雏鸟还没有长出羽毛之前，它们的眼睛也还没有睁开，感知这个世界，它们是全凭着耳朵的。记得小时候，当我们每每从一处孵出了雏鸟的角百灵的鸟巢旁走过，听到声音的雏鸟便以为是它们的父母为它们衔来了食物，便纷纷昂起脑袋，张大了嫩黄的嘴喙，单等着父母把食物放入它们的嘴喙中。看到这个情景，年少的我们便觉得非常可笑，不由扯开嘴大笑起来。角百灵雏鸟的嘴喙似乎与它们的身体失去了协调，每当它们的嘴喙大大张开的时候，整个脑袋似乎就剩下了一张嘴喙，而脑袋部分几乎是整个身体的二分之一。人们形容一个人嘴张得很大，就说这个人一张嘴能看见他的嗓门儿，这句话放在角百灵雏鸟的身上，却一点儿也不夸张，真的可以一览无余地看到它们的嗓门儿。它们的嗓门儿虽然很大，但它们发出的声音却很小。当它们确认来者不是它们的父母的时候，就再也不发出任何声音了，高昂着的脑袋也会耷拉下去，不再有任何动作，只能看到它们频繁快速的呼吸让它们的身体微微震颤。那时候我虽然已经注意到这一现象，却从来没去考虑过其中的原因。一次闲读美国自然文学作家约翰·巴勒斯的文字，才恍然大悟。巴勒斯在他的文字里说：在隐蔽处或者围起来的地方筑巢的鸟类的雏鸟，像啄木鸟、莺鶲鹟、金翅啄木鸟、黄鹂的雏鸟发出的叽叽喳喳和啁啾声，与大多数在开阔地和暴露之处筑巢的鸟类的雏鸟的沉默形成了鲜明的对比。巴勒斯认为，这是那些处在生存危险系数相对较高的鸟类的一种天生的自我保护意识。是啊，在这种物竞天择的自然法则面前，即便是作为有着“草原歌唱家”之誉的百灵鸟，在它们的雏鸟时代却选择了噤声，把鸣叫和喧闹留给了那些筑巢在隐蔽和相对安全的地方的鸟儿们。

所以，百灵鸟，还留给了自己一个其貌不扬的童年。

我忽然间明白，百灵鸟，这些精灵，它们小时候的不歌唱，恰是为了长大后更加自由、更加纵情地歌唱。为了这个目标，它们从搭建自己的鸟巢开始，便开始了准备，这是一个长久而又缜密的准备——它们把自己小小的鸟巢隐藏的广大的辽阔之中，让自己有更多活下来的空间。它们以不会唱歌的小时候，让所有人永远也发现不了它们的歌唱天分，它们还用含混不清的毛色，让自己永远躲在“草原歌唱家”这样的称誉之后，就像是一个深藏不露的世外高人，以褴褛的布衣以及脸上肮脏的灰土有意掩盖自己的高贵，但内心却装满了不容侵犯的尊严。

郭建强

青海的三种颜色

郭建强，1971 年出生于青海西宁。著有诗集《穿过》《植物园之诗》《昆仑书》等。获青海省第六届文学艺术创作奖，第二届中华优秀出版物奖，2015 中国桃花潭国际诗歌艺术节新锐诗人奖，《人民文学》2015 年度诗歌奖，2017 年《文学港》储吉旺优秀奖。现为青海省作家协会副主席，西宁市作家协会主席，《青海法制报》总编辑。

青海的三种颜色

在北川河岸行走

北川河汇入湟水河时，已经筋疲力尽，微弱得只剩一缕拖曳着亮光的细线了。

我不知道这是第几次从车窗内抬起头颅，眯着眼睛紧盯着这缕细小的水流。仅仅在一个小时以前，仅仅在距离此地二十来公里的地方，北川河还能够把“哗哗”的流水声传入我的耳鼓；现在，她的孱弱夸张地比量着河床的阔大。河堤下竟然有杨柳婆娑，杂草野花遍地，羊群在稀稀拉拉地啃食。

这条大通县境内最大和最长的河流，在西宁小桥如同一根细针扎入湟水时，带着一种完成了宿命的解脱感。对于熟悉这条河流的人们而言，这样的解脱带有英雄最后告别般的悲怆、完满和无言。只要你还对世上万物、对任何形态的生命葆有本能的敬意和怜悯，你就无法因为在一个小时之内，目击一条河流的丰腴和衰竭时却无动于衷。

我无法不用眼睛和双足追逐她，因为我的家就安置在她的岸边。只是太快了！——这样的历程和阅读，过于直观地呈现了“生”刻画出的“命”的痕迹。

从地图上看，大通县域形如桑叶。而使这片桑叶润泽常青、饱含生命蓄能的，则是来自祁连大坂湿漉漉的风云和清澈寒凉的雪水。这些汽、水珠、水流，循着天地间暗藏的韵律凝缩、滚动、汇聚成流，迤逦而来。

北川河是大通县最醇厚的滋养，最重要的供血脉管。其主要支流宝库河，源于大坂山克图牙壑一带，全长 106 公里；另一主要支流黑林河，源于大通与海晏交界的大坂山东侧，干流全长 62 公里。二水如同姊妹，不约而同地走出祁连支脉高高大坂，至斜沟汇聚为一水，而后时徐时疾，流泻川谷地带。所经之处，留下的是茂盛的森林、丰美的牧场和天空下轻浪般摇摆的青稞。至桥头，又有发源于门源、互助交界处的东峡河援军般加入。至此，北川河的蓄力达到顶点，水势浩大，水波激流。

这条汇入了 140 余条支流的河水，形如大通的动力和滋养系统，细密的水网遍布县域，那些珍贵的雪水、雨水、渗出地表的水流，汇聚在北川河的声名之下，浆熟了小麦、青稞，护佑着一方人民。她倾力奉献汁乳，以便让处于氏族公社时期的先民烧制出闻名世界的连臂舞蹈彩盆，以便造就北川谷地千百年的丰饶和滋润。而后，她把最后一抹温热、最后一丝气力，投进了湟水，投进了黄河，投进了大海。以这条母亲河为观察点，感受地理色彩丰富、文化内涵深沉的北川，应是恰当的。

溯源北川河，就是在认识、熟悉整个大通，就是在阅读大地，就是在感受河流两岸民众的呼吸。

你不可能不为这样一条河流的走向和命运牵肠挂肚。

从六七岁起，北川河就开始映照我的生活。我的行旅恰好和她的流向逆反，沿着宁张公路，我从西宁出发，等待短途班车在 24 公里、28 公里，或者桥头停靠。

对于我这个蜗居于西宁的孩子来说，第一次进入眼中的大通，立即显露出了完全不同于城市的景观和气质。那一片片在八月黄金的阳光下，在宁张公路两旁低垂着饱满麦穗的田地，以一种质朴而热烈的色彩，让大地具有了思想者的意味和最本真的喜悦。而北武当——老爷山上嶙峋的山石，葳蕤的林木，坡地上红得透亮的野草莓，让我知道世界有着与教室、街道、商店迥异的构成。10 年后，我来到大通工作和生活。自此，我便枕着北川河入眠。我的生命打上了北川河的烙印；我和那些自出娘胎起就喝着北川河水的人们成为朋友。从他们的言行举止中，我感受着北川河的性格和内蕴。

此地尚武。

冬天。清晨。5 点 20 分的通勤车，在积雪的宁张公路行驶，天色浓黑，车内载着一群面目模糊的人。不会出乎你所料——扎马步，练拳脚，舞刀弄枪的儿郎，在道路两旁的树木下呼喝有声。

在金属不断以各种腔调嘶吼、长啸、呻吟的车间，我的耳朵里灌满了大通地界生发的强悍人物、传奇人物的故事。而我的同事，就有参加过 1979 年对越自卫反击战的士兵。胡子拉碴，步伐沉稳，他们带着见过大场面之后的沉默，和我一起把矿石粉末投进电解槽，析出金属汁液。

再往前，在抗日战争中，大通的血性男儿随军东下，为拼杀日酋血洒疆场。1938 年，县城树立“抗日阵亡将士纪念碑”以志怀念。青海第一位对日作战的飞行员赵有德就是大通赵家磨人。当我环顾来自赵家磨的赵姓同事时，止不住浮想联翩。

听听这些地名：大通卫、长宁堡、阿家堡、古城……这些极具军事色彩的名称，间接地传递着历史刀剑的鸣击，直接地表现着此地男儿保家卫土的决心和血性。

一代名将柴国柱，于明万历年间奋勇于西宁、青海湖；扬威于张掖、酒泉；舍命相搏于沈阳、山海关，成为明朝危难之时挺身扶助的忠勇悍将。

一方水土养一方人。从高山雪峰而来的北川河，把一种刚劲而清正的气息输流于松柏桦林的根茎枝叶上，也浇灌在这些忠勇将士的内心里。

让人讶异的是，北川河还造就了另一种风景。在上游，河水浇绿了树林，染青了牧场；同样，当她从高山蜿蜒而出，便把生命的能量铺载于麦地。——大通尚武，同时崇文。崇山书院、大雅书院、泰兴书院……有史记载，自清初始，大通开始兴建各种学宫、义学、书院、学堂，遍布县域人口稠密之地。

其中，建于乾隆元年（1736 年）的三川书院，为当时青海地区的第一座书院。1738 年，时任西宁府佥事、后因编撰《西宁府新志》而留名青海史册的杨应琚，为这座位于白塔城（现城关镇）的书院，拟订了《皇清塞外大通卫三川书院学约》，以加强管理，促进学业。今读“学约”，依然可以感受到杨应琚“教养人材，德修学殖，以备国家器使”的感怀和努力。

把大通放置于河湟区域观察，就会发现“教养人材，德修学殖，以备国家器使”之言，绝非空话。北川河如此，北川煤如此，北川人当然更是如此。

在历史深处，在北川河中游的两岸，崇文尚武的大通人以不同的形态，织就了一幅色彩斑斓、经纬相宜的文化锦绣。

有时，变化非常折磨人。比起往昔，大通富裕了许多，现代了许多。而不知不觉，我已把二十多年的光阴留在了北川河岸。这么多年的居住和行走，依然让我迷惑，不知道自己是否有资格称为北川河之子，是否与名曰元朔、清平、极乐、青林的这些土地粘连一体。从上小学起，我就频繁地穿梭在宁张公路上，在那座所有建筑物、所有叶片花瓣和树梢都落满了厚厚尘埃的水泥厂，度过一个个寂寞的假期。就在那座灰蒙蒙的工厂，就在离那群灰蒙蒙的人群不远处，北川河日夜奔流，两岸仍然是早晨挂满了露珠的庄稼地。河水的流淌声就像一种呼唤，吸引我屡屡踏出厂门，翻过干打垒墙体，踩着松软的田埂，置身于那个安静却极富生机的所在。

那是一个清冽、清新、清亮的早晨，我跟随外出值班的姨父出门。姨父高度近视，却奇怪地成为一名技术高超的管工。穿过种满豆角、大头菜、洋芋的田地，我俩来到河岸。在这样的空间工作，效率肯定很高。干完活后，我们在鸟鸣声中，在虫唧声中，在河水宽容的流淌中，捕捉满天满地的蝴蝶。蝴蝶们五彩缤纷，把渐渐垂射的阳光也涂抹得七彩斑斓，蝴蝶的飞影投向向日葵，那手掌一样宽大的叶片竟有了雕镂的质感。下午，当我们踏进那座硕鼠在下水管道横行、阴湿嘈杂的职工简易楼房时，俨然有种手举火把的感觉。关好门窗，我们打开口袋，狭小的房间内，蝴蝶飞舞，照亮了躺在床上刚刚出生不久的表妹。而后，我们打开窗户，让蝴蝶这彩色的闪电，飞出这逼仄的空间，飞舞在工厂，去照亮、分离空气和水泥搅缠得难分难解的沉闷空间。

然而，北川河岸的工厂不止一座，而且日益显示着强大的繁殖力。它们贪婪地啃尽一块块田野，而后把钢筋、水泥、机械、仪表和着装统一的人群设置在泥土里。听听这些名字：化工厂、矿务局、铝厂、水泥厂、陶瓷厂、建材厂、电厂……一座座巨型的、中型的、小型的厂矿，如同一个个顽劣的儿子，完全不管不顾母亲的感受，而蛮霸地噙住了北川河的乳头。这使我在河岸边的行走，双目的追逐不能不变得沉重。

假若你是位航拍师，可以从大通与西宁接壤之地后子河向北望去，直到老爷山脚下，在北川河中下游长达36公里流域的河谷地带，田野和工厂、自然和机械相互交织、相互追逐、相互构成了一幅极具象征意味的图景。只是在这样亢奋的撕扭中，在这幅充满动感的图景中，北川河越来越疲惫，越来越消瘦。

多年以后，我才能够稍稍读懂小时候在水泥厂放飞蝴蝶的那个场景。那些彩色的闪电，那些精灵，带着河水的波纹，冲出窄小的窗户，在工厂上空闪耀、破碎；如同一个古老的谜语、一种提示，播撒着命定的哀伤，那么绝望，却又那么毅然决然。

甘德：格萨尔记

1

我们就像一支支飞矢，猬簇于一个靶心：大白上国。这个用黄河上游古代草原国家命名的饭店，以深沉的咖啡色作为室内主色调，装饰风格是底色为藏文化的现代发挥，有种奇妙的融合的感觉。位于大厅深处的演绎台很别致,《格萨尔》传唱艺人的照片挂在墙壁上,既是一种明指,也是突破字面意义的更深沉的暗示。古朴的木饰、皮饰与简洁的金属水泥材质相融合,粗犷的草原风格与舒适的餐吧情调相融合,使得在我坐定的一刻,感觉仿佛一支飞矢,被画着一层层水波纹路的立靶,吸引到了深红色的靶心。

我们就像一支支飞矢,被飞机弹射出舱体,被汽车弹射到路边。在下车的一瞬间,我恍惚地记起,在穿越的过程中,经过了透亮的阳光,经过了河山绵绵,经过了楼宇和酒盏,经过了刚才青诊(狗和奶牛的意思)满目的大雪(有一粒还挂在右侧玻璃窗,固执地跟着我们飞越)。现在,是新的雪粒、雪片、雪团,她们亲热地扑过来,落满头落满身,让你在一瞬间了悟"到达"的本义。接着是一种心脏的急跳和箭矢插在靶心的那万分之一秒的颤动相似。箭尾在炽热地跳着圆圈舞,而箭头正深深地吮吸着靶心内里的木制果肉。你感觉一切在晃动、搅拌,头顶之上的雪姿和飘舞发出蓝天才能有的微妙的轰响。这种轰响和血管的突突奔涌声频率相似,只有在生命的重大时刻才会出现。你想起刚刚下车时的那种愣怔,然后开始在雪中疯走,柯曲镇 4100 米海拔的雪路起伏:灵塔、街道、转经筒、汉藏双语言的街边商店牌匾(所透露的地名繁多),人们的脸,藏香和汽车……凡此种种在唇齿呵出的白汽中，竟然和《日瓦戈医生》开篇大雪中的葬礼的情景有些相似。而你终于知道是到达了……此行的目的，还有生命中必需的目的：格萨尔。

“格萨尔、格萨尔、格萨尔……”甘德县副县长才仁当周身材高挑，英俊沉稳，县旅游局局长才周坚毅冷峻。在大白上国的包间里，四壁是格萨尔素描式绘画，如同连环画册，讲述觉如从出生到赛马称王的经历。举座之人都在讲述格萨尔。格萨尔的神通、印痕、大将、爱情、敌人……还有和格萨尔相关的各种艺术：说唱、书写、藏戏、唐卡……

格萨尔就像磁铁，吸引着我们深入、走远，将钟表放逐，进入一种更古老的时间；在这个具有原型意味的层生重瓣、不断开枝散叶的故事里，每个人都会找到自己曾经属于的那块黑亮的曜石，并在曜石里以自己的角度讲述格萨尔的故事。在这样的叙述和观望里，过于卑狭的事物也将意识到自己的卑狭，就像一条条浅窄的溪水，必然在觉醒后跨过重重阻碍，汇合到更宽广的河流中去，汇合到黄河——也就是玛曲——这条终将入海的大河里去。因此，在果洛草原，在玛曲源头，在甘德，在柯曲镇，在高阔而悠远的大白上国，你如同一支箭矢被格萨尔引导到深远的时间中，你的内心微微颤栗，恰如箭头楔入靶心后传递给箭尾的那种激动。这激动的中心的动能，其实和河流中心的漩涡一样强大。你要飞旋着上升和下降，在一层层的隔阻中穿越，像箭羽凌空而去，并且体会穿透、挤向更苍茫空间的那种沉厚的快感……

2

在甘德，我们所遇见的人们，基本随口能讲格萨尔。格萨尔的故事，史诗中的某个典故和人物，以及人物的形貌、语气和特点都成为他们语言的一部分、身体的一部分、世界的一部分。这种情况,类似于汉语世界里的三国、水浒，一样成为人们生活中的一部分。所不同的是，格萨尔更为深沉——因为这位英雄不仅仅是属于人间的，格萨尔是天神，出生不久就格杀七只恶鸟（与射日后羿的壮举相似），那只是他壮美的人世路程的第一部分。也就是说，格萨尔身上明确反映着天界、人间、地狱的三重空间，在他明耀的甲胄的映射下，魑魅无从躲藏，善良美丽的生灵可沐上天光明，而人间终可归于正道，归于安乐，归于身心统谐的康健状态。格萨尔为一些高僧大德所认可，是因为根基自有。我是说，在格萨尔身上含有佛教提倡的一些理念，格萨尔是深具佛性的。

我在内心把格萨尔这三个汉字音节连起来，当音节走出喉嗓口齿，行进在空气里，再绕回我的耳腔里时，还带着一种飞石破空而行的速度，和一种靶心呼唤箭矢的沉缓的迷幻。我不知道藏语里的元音是哪些，读音如何，只是觉得念诵格萨尔时，颇有一种接近河源，接近阿尼玛卿，接近六字真言，接近石头之梦的切实感受。而甘德的各个山岭、草原、河流、禽鸟、走兽，还有忽然起落的风雪雷电，早就被格萨尔的声音、光彩、气味、行为、思想和梦境所浸润。这些自然物况，在格萨尔时间是英雄们驰骋的广阔背景；今天，仍然是史诗存在并且还活着的证据。这些证据通过神示，梦启，或者直观地映照，甚至是一遍遍地熏陶，使得自然之灵——这里的人们的情感和生活还保留着古代煨桑的香气，使得他们的生活里和梦想里，如同河水一样还托举着太阳和月亮的影子。“即使剩下星星点点的泪痕，一样会在心里藏着一个更微小的格萨尔。”我想。在甘德大地行走的数月里，我一点都不怀疑天上变幻莫测、气势逼人，忽而沉雄忽而灵秀的云阵、云锦、云路，正是格萨尔呼吸的形状，征战的尘土，以及史诗中一些明丽时刻的留驻。也不怀疑在山巅，在巨石兀岩，在高洞深穴，仍然藏有史诗仍未示人的黄金篇章，我甚至不怀疑草原上蹲坐的旱獭，散步的赤狐忽然会张口吟唱出一段格萨尔。我更不怀疑在甘德生活的这些草原之子，就是史诗里种种人物的转世；我甚至相信史诗还热切地活着，活在柯曲晨光暮色的涟漪里，活在草叶上滚动的露珠里，活在那些百灵鸟、斑头雁的鸣啼里，活在每一个刚刚出生的婴儿的眼睛里。

法国诗人阿兰·博斯凯的《首篇诗》有这样两句很能表达我对于格萨尔在甘德的感觉："在每个词的深处，我参加了我的诞生。"甘德的人们参加了史诗的诞生，而且是一代代人的诞生和一代代人的参加；只有这样，格萨尔才能传唱到今天，才能在这片草原和这些人的内心里不只是一种传奇,而且是一种生活的实在。这样的吟唱,念诵和梦遇，其实是消解了一种物理时间，置身于一种生机勃勃的初蒙时间，格萨尔从而穿透浓雾成为人们的人格和命运的坐标。于是，无论是什么人，在什么地方，什么时间唱起格萨尔，都是在追忆、呼唤和融合于一位父亲——第一位父亲。

"缪斯们啊，来自皮埃里亚，以歌兴咏/请来这里叙说宙斯，赞美你们的父亲！/一切有死的凡人，有没有被人传说，/是不是为人称道，会凭伟大的宙斯的意思。"赫西俄德在三千年前于希腊岛上的吟咏，似乎和格萨尔的甘德并未有违和之处。这几句诗出自《劳作与时日》的序歌开篇，诗人还在发出告诫："今天我们不一样要通过身体和灵魂的劳作，以期接近那个史诗般的时光吗？"

3

莲花生大师既是弓，也是箭。大师从佛诞生地印度破空而来，穿法播露，成为藏传佛教的创始者。大师化身无穷，弓弦张满，如道道彩虹，散射光芒。格萨尔应运而生，落地而长。作为莲花生大师的化身，雄狮大王的行迹和莲花生大师多有契合之处。

玛域是雄狮大王格萨尔展现一生功绩的最重要的舞台。这里到处呈现莲花、法螺、法号等吉祥之兆，宁玛寺院密布，如同桑烟般四时香篆不息，成为佛家高僧大德和神灵来往留迹众多的福地。格萨尔王和史诗中的英雄们，在这里留下了明显的记号。仍然是箭矢。在著名的系魂山班玛仁拓，山沟和洞穴多为格萨尔箭矢所致。山上有一遗址，可见雄狮大王箭术精湛，臂力惊人；这支箭是格萨尔从黄河对岸的黄隆山搭弓射出，箭矢穿透一层层雾霭直入班玛仁拓。还有一次，格萨尔在达隆沟一箭射中霍尔部落驱魔大将的神牛。神牛负痛疾驰，尖锐牛角，从班玛仁拓的巨岩上划出深刻痕迹；而格萨尔蘸着牛血写下的字迹，至今清晰可辨。遗迹、故事、梦境，还有隔着时间和空间的种种声响、色彩和芬芳，通过桑烟——这另一种弓和箭，在天地间传达着秘密的信息。

有时，我在愣怔的时刻会以为我们——我指的是全体的人和物，都搭在一张大弓上，都在飞驰，都在深入和掘进，都在一种速度中交集和交流，都是因缘，都要回到箭鞘，都要再次穿过和传递。在甘德，在玛域，有一个明显的符号就是格萨尔；不断迸发和生长着格萨尔。格萨尔就是可以看见和看不见的箭矢，深入万物和人心。这里的日光月晕，彩虹哈达、桑烟酥油、山体河流、飞禽走兽，还有人们的思维感觉、语言行为、体态行姿，都浸染着格萨尔的福泽。我们沿着柯曲行走，沿着班玛仁拓行走，沿着市镇而出，沿着村落而回，看到的是格萨尔的各种形象，听到的是格萨尔的各种口音，遇见的是各种格萨尔故事的相遇和惜别。

龙恩寺的历史有二百多年，是甘德县新起的盛隆的宁玛派白玉系寺院。活佛红格尔多吉坐在透过玻璃窗的阳光里，介绍寺院和格萨尔。箭矢在时间的运行中分化为万道光芒、水线、种子，然后生长和灿烂；在龙恩寺卡霄大佛塔之下，则以各种艺术形式呈现仍然在玛域拓展着世界的格萨尔。著名的玛域格萨尔文化中心，即位于此。在甘德县的格萨尔文化研究中心，存有大量格萨尔文化遗物。用檀香木雕刻着格萨尔降魔伏瘴的四大战役，用酥油花捏塑着格萨尔和他的三十六员大将，用彩泥形象地叙述格萨尔前半生的种种故事……玛域的人们，甘德的人们用各种材质，各种艺术形式，自然而然地以一种追忆和重述的方式，在现世现时的“笋叶”中剥出青葱嫩润的那段神话时光，事无巨细地呈现雄狮大王在人间、魔界和天庭如箭羽般飞行的所有的影像和擦痕。龙恩寺的那种讲述更如直接摘取了时间的青果和碧石——那就是藏戏。两世活佛连续负责组建的藏戏团，均由僧人组成。僧人们或骑坐在马背上，呈现雄狮大王征战的场景，或者在河源戴好面具穿上古代服装，把自己也把草原上让太阳将肤色炙烤成糌粑色的人们，一起带到生命勃勃绽放的那段征程。

这时候，我理解了甘德之意为什么是吉祥安乐的意思；为什么格萨尔是莲花生大师的化身；为什么这里的柯曲、当曲、玛曲，都如哈达，如拉满的弓弦，缠绕着山、缠绕着地、缠绕着牦牛和羊群、缠绕着人们，画着各种吉祥的图案，迟迟不肯远去。

4

一道彩虹化为万道彩虹，一粒种子化为万颗种子。河流收藏着青稞长芒般的无数阳光，也收藏着瓷碗中盛放的酥油一样的无数月光。河流日夜哗哗响动，在每一个时刻把这些光明和种子回播到两岸。在这样的天地和空气里诞生多少个格萨尔的转世和化身，诞生多少个史诗中的人物的转世和化身，我都不会惊讶。这一切早已在莲花生大师来到雪域的时候注定，早已在莲花生大师的化身格萨尔弯弓搭箭的时候注定。格萨尔的箭镞上金黄的和银亮的光芒闪烁，格萨尔的盔甲上云纹和水波粼粼，格萨尔的龙驹鬃鬣时而如哈达时而也是激越的矢镞。

德尔文部落是格萨尔王的光芒、弓箭、马蹄等征象常在长明的见证。走在这里的草原和山坡上，你遇到多少个在当世行走的史诗人物不足为奇，听到多少种喉嗓传唱的格萨尔王不足为奇，看到多少人落笔书写格萨尔王不足为奇。就算是你自己在某一时刻，发觉自己也是史诗中的人物，同样不足为奇。在这个神奇的部落，家家藏有《格萨尔》史诗，人人崇拜格萨尔王。部落里神授艺人、闻知艺人、掘藏艺人、吟诵艺人、圆光艺人不一而足，人人都在讲述神话、讲述历史、讲述前身、讲述时间之矢放射的万道光华。口传传统，在这里得到极大的发挥。就像在古典时期，多数希腊人也是通过吟唱和说解，而非书写和阅读熟知荷马和赫西俄德的作品；在德尔文，这种土壤更为丰肥，格萨尔德尔种子更为强健。因此，“待至英雄们在铁铸的摇篮里长成，/ 勇敢的心灵像从前一样。/ 去造访万能的神祇。……”(荷尔德林诗《面包和葡萄酒》)，这样的行为和结果，在这个千余人的部落里层出不穷，开枝散叶，代代流传。

我们且又回到莲花生大师和雄狮大王格萨尔之间的互映中来。如同至今仍然在生存着的《格萨尔》史诗一样，影响藏文化生成和藏族人世界观的《莲花生大师传》一样展现了一种“生长”着的繁复。“由 2500 多位伏藏发掘师发掘出来的和不胜枚举的诗人创作的《莲花生大师传》是各领风采，不会雷同的……”(见《莲花生大师本传》汉译作者洛珠加措译跋)据研究者认为，这部应为《格萨尔》史诗之母本的作品，如果汇集起来，就是一部庞大的、用诗歌写就的藏族文化史和政教史。史诗不仅忠实地再现了莲花生的传教活动和当时的社会背景，还就未来“器世间”的远景，做出了宏观而又不乏细节的预言和描述。

我认识到格萨尔不是一种机械式的学习，而是辨认，认同，统一的结果，是弓和箭的相互指认，是箭矢在飞行中的过去、现在和未来的指认。这样的指认，一环扣着一环，一代人接续一代人；每一代人，每一个人，每一次格萨尔的复活，因为这样的指认而回到原初，回到“一”，也因为这样的承继而被继续丰富、宽阔，成为“二”，成为“三”，成为无穷。

在指向更高处、更远处，指向无穷的青藏高原，处处可见的明亮的经幡、辉煌的寺院，灿烂的唐卡，绚丽的酥油花，和藏族人简朴的生活、纯粹的信仰、执着的行动，构成了人们生活状态的两端。其文化张力十足，高峻而又恰当地支撑起了精神生活和物质生活。这种文化的魅力之一，就是不断地飞行，深深楔入信者的灵魂；如同饱满的大弓，让人们体会和体验极致的美感和安宁；就是那些描绘世界本质的词，这些清亮的词或者沉厚的词有很多种读音，其中一种被时光之弧弹射在玛域的每一寸土地里、每一杆草茎里、每个人的灵魂里。这个词念出声来就是——格萨尔。

5

木制或竹制的弓很自然地握在“智慧”左手中，通常与握在“方法”右手的箭相配。作为智慧和方法的象征物，它们搭配在一起既表示弓的智慧特质可以像箭一样“投射在”

方法或方便上，又表示圆满的智慧可以“促使”“五行”（布施、持戒、忍辱、精进、止观）的完善。当神灵的左手握着尚未拉开的弓箭时，它们象征着智慧和方法的一致或智慧与止观的结合。当搭箭于弦拉弓待发时，弓通常象征着神灵殊胜“三界”而箭则象征着刺穿冥想和迷信等谬见。当箭瞄准怨敌之心脏时，代表智慧和旨在实现法身之慈悲的强烈和自主的行动。此时，怨敌代表痴愚，怨敌的心脏代表“意”。在对某些神灵进行描述时，弓箭也可以表现完全相反的象征意义。弓代表“方便”，可以投射在智慧单头箭上或刺穿“觉识”。

以上摘自《藏传佛教象征符号与器物图解》一书，作者是美国人罗伯特·比尔，向红笳翻译，中国藏学出版社出版。

杨柳松柏西宁天

我的诧异感首先来自颜色。山居然是绿的，山上的石头也是绿的。草蔓丛丛，树布山坡。

那是 20 世纪 70 年代末，我第一次出西宁至大通的视觉印象。那时候的西宁，楼房还不多见，居民楼更少。古城的街道大都窄而短，有点像稍稍扩展的村巷。土木结构的平顶房，多是二层。临街的一面，窗户基本改为解放后的玻璃式；但是，踩着陡窄的松木竖梯登上二楼，就可看到大多数的门窗仍是木制的古旧格式。孩子们经常把平展的房顶当作操场，奔来跑去，震起一片尘埃，落在楼下客厅、卧室。已经成为大杂院的西宁士绅的旧庭院里，顿时会簇聚出几个女人，指着小孩子大呼小叫。

是的，那些年西宁的味道是土的味道：陈年的土味，冬天掺雪的土味，春天和秋天带着沙子的土味，和夏天散发太阳干爽之气的黄土味道。尘土的气味浓重，是因为西宁虽然三水汇聚，百泉暗涌，却因为种种原因，绿植面积有限。我读“支边”“支青”的人们的回忆文章，发现他们对于西宁的最初印象基本是以下几点：远天远地，交通闭塞，现代气息寡淡，干燥多风不见绿。所谓“青海城头空有月，黄沙碛里本无春”是也。

大通老爷山的青绿和湿润，修改了我的视觉和嗅觉的观感。以后，我才有意识地搜寻西宁的湿绿。小公园，也就是今天的麒麟公园（其实是恢复旧称），流水潺潺，松柏森然，绿草如茵，繁花星布，可以称得上是与那时灰土西宁迥然有别的所在了。夏日的星期天，父母亲经常带我们兄弟四人到那里度过悠闲的一日。这样的时日，西宁人携家带口，在草地上铺毡布毯，摆好办置的凉面、卤肉、瓜果，饮酒野餐。在相当长的一段时间里，我在感觉中把南川河小公园一带是划分在西宁之外的。那里属于哪里呢？我觉得可能是秦豫平原，甚至是苏皖地区的一块“飞地”。几百年前，从那些地方移民到西宁的先祖，把一种对流水、对花卉、对树荫的念想，移递给了一代代的后人，使得他们在生活和梦想中，永远给草木留下了领地。

越是条件不足，念想越是炽热。在老西宁人的生活中，我们处处可以发现他们依草木而生息，借草木而答意，凭草木而抒情的痕迹。通过西宁人的庭院、庄廓里种植的树木，往往能看出一个家庭的经济状况，甚至氛围和志趣。住在郊区的农耕之家，屋前舍后大都是青杨绿柳，苍榆翠柏，颇有《诗经》“杨园之道，猗于亩丘”的遗风。城内人家，但凡有一角庭院，也必植红引绿，留春驻夏，让生命和生活都沾染一些植物的青碧。西宁居民喜在庭院中宫，砖砌花圃花坛，手植适宜花木。春天，迎春探春海棠花，花朵初绽，立即让沉闷了小半年的光阴生出光彩，绽出希望；夏天，牡丹芍药大丽花，花开重瓣，蜂绕蝶飞，也就有了一种平朴中的丰饶；就是在黄尘沙阵、寒天苦地里，西宁人一家一户地守护着窗前的树姿花影，也就是守护着一种念想。花坛花圃里多种果树，看着枝头爆芽、发花、结实，人们知道这是在直观地简写四季的演变。

爱花惜花、离不开树木荫蔽的西宁人，却在端午节前后，把一种挥霍推向了极致——人人剪折沙枣枝，户户净水瓶里插枝开叶，借着纪念远古诗人屈原的日子，奢侈地把沙枣的清香留在家里。西宁人嗜酒，我是见识过很多类型的迷醉于酒香的西宁人的；但是，和迷醉于花香相比，前一类人的数量可就太少了。如果说，端午前后，西宁人家的沙枣迷醉和迷恋还有墙阈之别；那么每年四月，丁香花开时节，整个西宁城都坐在丁香里，睡在丁香里。这种本来生自遥远海岛的植物，在这青藏高原和黄土高原的交接之地成为熏染人们精神的市花。伴着花木生长还不够，藏花木香气于室内也不够。用花比喻女孩子，在各地各民族的书写和表达中几乎成为"定式"，西宁也不例外。女孩子当然更爱花，她们不但会观花容听花语，而且想方设法让花成为自己的一部分。有首青海"花儿"这样唱道："尕手上长的尕指甲，指甲上包下的海纳；/抓住尕手儿问句话，/尕嘴儿一抿者笑哈。……"词中的海纳就是指甲花，青海人家的女孩儿们虽然生活在高寒边地，却一样承袭着先祖化妆自美的技术。女孩子在闲暇的夜晚，将折来的海纳茎秆捣碎，加掺明矾，贴在指甲上，外面包上一层棋叶（蜀葵），最后用布裹实。次日，女孩的十指果然如愿红艳夺目。包着海纳的小姑娘，估计这晚很难睡得踏实。然而，她们知道自己所期盼的红指甲，就像在身体和内心生长着的秘密，正如青杏出枝，带着一种来自阳光的饱胀和明耀，预告着雀鸣燕啾的美好时节到来了。

西宁的文人们也在花木凉荫中聚会、饮酒、赋诗，自得其乐。据石葵先生言，旧时西宁宦官士绅之家，常常置地数亩，乃至数十亩，以为别墅式花园。著名的有馨楼花园、陈显荣花园、孟启瑞花园等。更值得一说的是，城内郭家花园（郭炎，音乐家）、郝家花园（郝献庭）、基家花园（基香斋，诗人，《西宁府续志》的撰写者）、李家花园（李文斋，诗人）、朱家花园（清末贡生朱耀南、朱炳南兄弟）……这些河湟文人墨客的花园，大大小小有几十处之多。因此，其间“小园芳草绿，家住越溪曲。杨柳色依依，燕归君不归”式的唱和此起彼伏，成为西宁花木文化的经典一页。除此而外，文庙、大佛寺等寺庙，松柏森然，桑烟如篆。可惜当时没有航拍技术，要不应该看到西宁城里树木探出的一道道泥墙瓦檐的丛丛亮绿了。

近代西宁诗人周光辉先生曾有诗题为《探春花下饮酒戏作》，可以让来者感受先贤雅趣，并略知当时西宁园林花木种类："探春花下把酒卮，问花今岁开何时？花如有语向侬道，万事皆然奚足疑。君是湟中名下士，不妨披露以告之。岛外舶来花珍贵，中州名卉半憔悴。兰蕙萎地棘满园，松柏凋残蒲柳竿。更加气候太差迟，冬燠春寒花信坠。我闻此语首低垂，不觉醺然花前醉。"不谈周先生这首诗中感时伤世的情绪和心境，仅是其中花木之名，即可感受到屈子香草美人在河湟之滨的流韵。甚而可以借此畅想，往昔这座边城春夏的盛景："青青河畔草，郁郁园中柳。"更兼牡丹蔷薇盛开，这就足以让百姓感知天序运转，生机盎然的喜悦了。与这种心情相匹配的还是至刚至柔的"花儿"，所谓："白牡丹白着耀人哩，红牡丹红着破哩，尕妹的身边有人哩，没有时我陪着坐哩。白牡丹不开浇水哩，花瓣它个家展哩。你把我劝了我悔哩，再是个铁心儿软哩。"

在记忆和典籍中搜寻花木盛衰，毕竟只是纸上得来。百年前，周光辉先生"更加气候太差迟"的感慨，已又成为过去式的可能。今天，西宁花木繁茂之盛，远非"柳阴直，烟里丝丝弄碧"，或者"昨夜松边醉，问松我醉何如"

等常见植物所可点数的了。只举一例，因为杨花柳絮飘飞，和外地一样成为一种城市病，居然也不受西宁人待见了。越来越多的外来花木，在西宁找到了栖身生长所在，让很多外地人惊奇于“他乡遇故知”。现在，在西宁找几处河清水碧，草木葳蕤，禽鸟啼唱的休闲所在是很容易做到的。就算还有如我当年一般很少出西宁的孩子，恐怕也不会为老爷山之绿而惊奇吧。近二十年来，西宁的小气候在逐步改善。西宁人努力植绿，见到了成效。

尽管“映阶碧草皆春色”“朱槿红桃次第催”，使得西宁的色彩更加丰富，芬芳更加浓郁，但西宁毕竟还不是江南，也不可能成为江南。因此，我们不能乐观到忘记本土最根本的气候物理条件，忽视本土植物在西宁植物群落中应该占有的比例，忽略本土植物的文化和情感表达。那是西宁之所以是西宁的一条根脉，也是西宁人之所以是西宁人的一条根脉。

李万华

乌兰的大地与德令哈的阳光

李万华，中国作家协会会员，鲁迅文学院第 22 届高研班学员。出版散文集《西风消息》《金色河谷》等。

乌兰的大地与德令哈的阳光

乌 兰

汽车一头撞进乌兰，迎接我们的，是一场秋天的雨。我喜爱清冷胜于热烈，没有熟悉的人做向导，没有哈达和笑脸相迎，便觉安然和自由。自由一词含义太广，稍不注意便会被注入附加成分，其实不必要。宗子兄曾说，希望是个好东西，但希望必须建立在现实之上，有时候，人勉力向前，不免带有媚世或求实际利益的成分，人若认清了这一点，便会自由许多。这里的自由，眉目明晰，令人清凉。乌兰的雨并非为我们落下，它可能来自前天，前一个前天，或者仅仅是前一个夜晚，它没有处心积虑，刻意为某个时辰，某件事物，抑或某个人落下，它只是遵循自身规律，绝无瞻前顾后的可能。因为如此坦然，心无挂碍，我们和乌兰的雨相遇时，便觉愉悦欣然。

雨已经将一切打湿。公路、秋草、牧场、山坡、牛羊和天空，这些简单元素，构筑出的，依旧是一个游牧民族的家园，现在，它们一一被雨水浸透，并从雨水中放出光亮。雨也被雨打湿，没有声响。九月的草色，尚未枯黄，但也并非是往日葱绿，它们从公路两侧向远处蔓延。草色原本与河流一样，可以哗哗流淌，可以浸没古道，可以融入天际，也可以波浪一般起伏。此刻，在公路左侧，这样的草色正在成为一片汪洋，它们层层推进，涌动向前，仿佛要拍打远山，但远山太远，草色最终化为茫茫云雾。而在公路右侧，草色有着截然分明的边际，它们漫过牧场，翻越油亮湿滑的山坡，然后在山头陡然停驻，因为山坡之后，蓦然显现祁连山青色的嶙峋岩石。这一方草色如此干脆利落，绝非诗歌中王孙归不归的粘连缱绻。

我看见牧羊人，在青海南山一面低缓的山坡上。雨水同样将那面山坡打湿，闪烁亮光的草丛显得柔顺光滑，这使那面山坡仿佛刚刚隆起，带着不谙世事的羞涩。牧羊人裹着白色塑料布，半卧在雨水中。那几乎是一个白色塑料布做成的睡袋，他睡在里面，一条腿弯曲，一条腿直直伸展，他的头和肩部，用一只胳臂支撑。那是无比惬意的姿势，与雨水凄冷无关，与秋风萧瑟无关，甚至，与它的羊群走失无关。但是它的羊群，那些脊背、尾巴、脑门和耳尖被不同色彩漂染的羊，乖巧、温顺，它们在他身边聚拢，专注于唇边的小野果，并没有逃离或者去远处撒欢的意图。

我无法猜测雨中牧羊人正在想些什么，但我能肯定，焦灼、烦躁、疲惫，这些词语肯定与他无关。这是一些来自这个时代的词语，它们仿佛根须庞大的某种藤本，在人的精神世界里盘根错节，肆意妄为，最终将一个完整健康的精神系统瓦解，直至支离破碎。人们明白这种症状源自何处，明白如何对症治疗，但无力实践。这个全新的世界仿佛一头铁的巨兽，向前奔跑，人们拥挤在它身边，竭力追随。这些追随者同时又成为一群精力充沛的驱动者，他们同样狂奔追逐，结果使这头巨兽更加兴奋，更加失去依傍和约束。

我眼前的牧羊人，注定是不合潮流的一个。看上去，他不懂得参与到这个世界的改造中去，不明白存在的价值体系，不知道怎样生活才算有为，不知道引领，如果对此冠以一些词语，便是“落后”“懒惰”“萎靡”。他将这些词语所涵盖的内容，填充到他波澜不惊、一成不变的生活中，依着传统和先人经验，遵循某些规则，维护细节，使它们具体丰盈，低到尘埃，以至日复一日，年复一年。

然而，我只能远远看着他，只能以自己的方式去认识和了解。我明白我对这些存在事物的理解,未免狭隘和偏颇。

雨似乎很快便停止了。或许是雨依旧停留在原地，而我们做了逃离。我们将一场秋天的迷蒙抛在身后，又撞进乌兰的大海之中。这并非是来自地平面的大海，而是天空的大海。

见到大海之前，我一直注视着公路右侧陆续出现的房屋。那依旧是一些土木结构的房屋，低矮、简陋、暗旧，很多时候，都在孤零零蹲踞。天阴沉，来自云层的一些微光洒在屋顶，那些屋顶，因为年代久远，中间部分已经凹下，如果从近处去看，说不定那上面已经生长了苔藓和杂草。没有树木，没有围墙，门和窗口对着大路，一些简单的生活用具，茶壶、水桶、洗脸架之类随便依墙放置，檐下绷起的细绳子上，搭着衣物和毛巾。偶有牛羊慢悠悠从房屋前面走过，低着头。人们似乎并没有外出忙碌，三三两两，在房屋周围活动。

在这样一闪而过的诸多镜头中，我见到一位老人坐在小板凳上，一个年轻小伙子正在给老人剃头。老人脖间围着毛巾，身边放置洗脸盆，年轻人弯腰，右手持剃头刀，左手扶老人的头，神情专注。一只黑色大狗蹲在老人旁边，不远的地方，几个小孩正在嬉闹。房屋在他们旁边，门前同样坐着一位安静老人。

那一刻，我回想起儿时那些与山、与水、与阳光和清风有关的时光：老人剃头，女人们坐在树下缝制，小孩子玩着石子和泥土，猫跳进菜园撒尿，黄狗趴在地上吐着舌头，青杨树梢上，喜鹊起起落落，如果移动目光，会看见田边大麻叉开叶子，黄蝴蝶飞过青稞田，爬着车前草的小路，通向河边和远山，而河水喧哗，远山深黛，那一面山腰，被苍黑云杉缠绕……那些时刻，阳光总是带着色彩和温度，风总是裹着芬芳和清凉，时间总是不慌不忙，人们专注于当下琐碎，掐断一个线头和蒸出一屉馒头同样重要。

内心的安宁与否，很大程度上，并不取决于处境和所依凭的财富，这样的道理，人人明白。物质生活简单贫瘠，但是人们内心坚韧，恪守规则和道德，这样的时代，并非不曾出现；物质生活优裕，处处繁花似锦，但是人们内心却趋于荒芜苍凉，秩序紊乱，良善用心慢慢消散，彼此孤立防范，这样的时代，也并非不曾存在。肯定，或者称颂其中任何一个，都有偏激和嫌疑。内则简单清明，外则霁月光风，内则丰满茁壮，外则月射寒塘，这样的平衡，让人不急躁,不慌张,这应该是一种有根基的安稳,人人需要。

如此回想，偶尔仰头，我从车窗看见乌兰的云，像翻卷波涛的海水，正从西边漫过来。那是深灰的，浅灰的，泛着光和浸着黑暗的，不同形状的云，一堆和另一堆，一层和另一层，一朵和另一朵，相互推挤，相互叠加，相互碾压，涌向低处，那几乎是漫天的罗马军团，气势汹汹。我从不曾见过天空会有这样多的云，仿佛天空是一个巨型加工厂，它不生产空气，不生产风，不生产日月和星辰，只生产暗灰的云。喷吐，再喷吐，从每一个烟囱、窗口，从每一道门和每一个缝隙之间，咕嘟咕嘟，向外冒出。它们越来越厚，越来越重，最终扑向地面，在无限远的远处，与地面相连。我看它们如此不可阻挡地向大地扑过来，像极了肖斯塔科维奇第七交响曲《列宁格勒》中那个黑云压城，又稍带尖利的主题，那些来自金属的，木头的，那些弹拨的、击打的、吹奏的，一弓一弦拉出来的音符。

但实际上，这个由云凝聚而成的大海，与任何解读无关。它翻腾,暴怒,按捺不住地狂躁,似乎在酝酿一场巨变,大风，洪水，万千冰雹的弹头，或者，阴森恐怖的笑，它似乎要决意摧毁什么，轮渡，城堡，抑或人们的信念和理想，然而，它什么都未曾投射下来，亦未曾掀翻什么。它最终将天空拖到最低处，像拖一块幕布，周边与大地缝合。这使我觉得，如果车子开足马力，奔驰到幕布堆积处，我定会一把掀开它们，钻过去，到另一个清明世界。

乌兰北依祁连山，南靠昆仑山，东西各有山脉环绕，中间平坦，分别有茶卡盆地、希塞盆地和卜浪沟盆地。既是盆地，树木便又多起来，但是树木种类少，只以青杨为主。我曾经将青杨树称作青藏高原的土著树木，并无任何依凭，只是因为所行之处，山川野洼，总有青杨身影。这种树木发芽绽叶姗姗来迟，貌似不解春日风情，但秋天却最先光顾它的枝梢。十月初，其他树木尚在葱绿，青杨已撒下片片卵形黄叶，显得急不可耐，匆匆撤离。其实这也是一种懂得营造氛围的树木。三月初，雄性青杨树会吊下串串紫色花穗，极像蠕动的肥胖毛虫，花穗掉到地面，可以捡来唬人。五月中旬，雌性青杨又会散出杨絮，随风飞舞，片片迷蒙。如此几排青杨晃过，迎接我们走进希里沟镇的，却是旱柳。

典型的干旱大陆性气候和强劲西风并没影响旱柳生长，尽管它们的叶子正在泛出一种不健康的灰绿，但是斜展而出的枝条，依旧柔弱多姿。此前，大地的彪悍已将我们的内心驯化得粗糙坚硬，感觉便是掠过一阵飞沙走石，也不会留下多少关于暴烈的印痕，此刻，这些站立在道路两旁，静无声息的旱柳，却在瞬间征服了我们。显然，刚才那场大雨并没抵达这里，虽然此时光线并不强烈，但柏油路面依然冒出轰轰热气，干燥，脆裂，这些热气有着清晰的横切面，人在其间穿行，甚至能觉察到细碎砂石一般的触感。车辆稀少。路旁建筑，大多低矮，楼房以五六层为最高，楼面装饰，有过统一要求，以微粉和灰白为主要色调。行人寥寥。

我所见到的县城，多是嘈杂，以及凌乱。街头时常会遇到一些尚未丢失的技艺被人继承，也有许多时尚元素，由年轻人递送。树梢上的电线，底色绚丽的商铺招牌，堆在三轮车厢出售的水果，移动摊位上的烧烤。人们走过，拎着大袋小包，店铺门口的黑色音响中，不分时段播放流行歌曲和地方曲艺……新旧交织与城乡混合带来的某种冲突，某种焦躁，时时展现。

在此处，我依然看见电线从空中布过，小商铺依旧挂着色泽艳俗的招牌，但是某种安然静谧，甚至某种慵懒，无处不在：买水果的三轮车停靠路旁，主人坐在一旁打盹，店员坐在商铺门口，老人戴着花镜，在树下缝制鞋垫，猫和狗在花丛中相互观望，一阵风来，在空旷路面，卷起一个小小漩涡。并非有条不紊地组合和有意安置，但它们并没有给时光添加杂乱，它们仿佛才从迷离中走出，仿佛才从远山的冰雪中走出，尚未与一个日益进步的时代碰撞，它们还在与梦境，与缓慢结伴前行。

我曾从高处看过希里沟镇的一个局部，远山逶迤，包围平地，近处墨绿青杨又绕着建筑群分布，层次分明。许多楼顶，安装有太阳能热水器，楼与楼之间，依旧是低矮的红砖瓦房，那是20世纪六七十年代的建筑，屋顶瓦缝之间茎茎野草，似在讲述昔日重来。

一个县城老去，将它放置一边，然后重建一个新县城，这一种方式，正在各处推进。建筑物注重造型设计，布局讲究科学美观，道路平整开阔，绿化带占据一定位置，一些健身器材，在小区和社区安置……希里沟镇自然在顺应这一趋势。老城东面，崭新的建筑物开始矗立，它们造型不一，明显是经过了精心设计，道路试图四通八达，但许多条路并没修通，这些道路的尽头，裸露土壤，或者密布高低起伏的荒草，刺蓟，芨芨草，以及一些成为野生的花草。绿化林已经有模有样，路标也已经竖起，那上面书写的，都是一些陌生名称，不久之后，它们将被人时常提起。阳光从云缝间抛下大块亮斑，风在街上旋转。居民暂时不会来到这些地方，路边身影，多是干活的工人。

除去青杨，乌兰的大地上，大片栽植的，便是枸杞了。这些大片的田地又被分割成许多单元，大约由不同的人种植和管理。已是十月，枸杞早已采摘完毕，但田地中还是有人在躬身寻找枸杞，那些身影，在磅礴的背景之中，显得孤单。那依旧是灰绿中带褐的植株，如同我幼时所见，那些枝条随意伸展，不拘小节，甚至带点杂乱。慢慢走过，这大片枸杞又与我昔日所见不同，因为缺乏水分，叶片并不怎样光亮和润泽，植株普遍矮小，少些野性。然而这有什么关系，这些大规模生长的枸杞，在此处，已经成为一种气势：天宇苍茫，天边是青龙一般的山脉不见首尾，除去公路和路旁青杨，匍匐于广漠之上的，就只有枸杞，它们如同绿色大海，是水波起伏中凝固的一瞬，如同芳草长川，是行人远去，而天涯无边。

我以为青杨旱柳和枸杞，便是我看到的，这大地上最柔软的一部分存在。然而之后不久，我看到了水。起先我看到的，只是一线蔚蓝，在群山的臂弯，像极了用毛笔随意一抹，或者一勾而出的痕迹，如果伸出食指，便可将其擦掉。但是这蓝色在慢慢浸染，边角带着弧度，推进、延长，大地似乎只是一张宣纸。再往前，待蓝色渐渐高起，原来是茶卡盐湖。

这是傍晚时候的盐湖。太阳已经靠近西山，正在给云层涂上闪烁亮光的金边，也给连绵起伏的山峦涂上一层耀眼光辉，太阳同时将束束光线洒在水面之上，并在那里跳跃涌动，而水面，似乎成为一张托盘，正在盛出璀璨的光之珠宝。湖水四周，全是白色盐层，它们如同隆冬时节的冰块，从湖岸四周开始，向湖中心扩散而去，又如同白色花草，被一夜春风吹遍。靠近岸边的盐层上面，全是细碎密集的脚印。一条栈道，从岸边通向湖中心，游人可以乘坐小火车深入湖中观光，也可观看采盐船工作时喷水吐珠的场面。但现在，小火车已经停止运营，铺在碎石之上的细长铁轨仿佛已被遗弃。有人介绍说，如果在旅游旺季，游人可以穿上塑料防水鞋下水拍照，盐湖拍倒影最佳，如果有盐雕时，会见到各种盐的造型，佛像、图腾……此刻，不见游人，盐湖显得苍凉落寞。

茶卡盐湖是喜马拉雅运动的一个微小标志，它正确无误地证明这块大地原先只是海洋，曾经波涛汹涌，猛浪拍岸，但在后来，它不断抬升，不断隆起，最终成为地球上最高的大地。正如于坚在《众神之河》中所写 :“在我们知道的时间之前的时间中，某一次，造物主或者别的什么神灵，把地球上今天喜马拉雅这个部位抓了一把，大地就像一块桌布那样耸起，黑暗的内部被撕开，地质运动像一场革命那样爆发”。

如此，如此。在乌兰这块广袤的大地上，我看到青杨、旱柳、枸杞和群山共存，我也看到湖水盐层芒硝和草原共存，我同时看到，粗犷与细腻，坚硬与柔软共存。这是一块性情幽微，却又多面呈现的大地，它如同青藏高原上其他的大地那样，适宜生长磅礴大气。

德令哈

如果从高处去看，会看到大地上的色彩与色彩之间，存有鲜明界线。一种色彩如何结束，另一种色彩如何开始布局，似乎都有安排。然而站在大地之上，色彩之间这些清晰界限何以接替呈现，我们会时常忽略。有时正沉浸在一种色调当中，认为世界将会始终如此，无以改变，蓦然抬头，发现眼前景况已经变幻。有时，甚至连这种显而易见的变化都看不到，人走进这种变化之中已经多时，然而脑际徘徊的，依旧是先前风光，仿佛大脑也在遵循惯性运动。乌兰以西，接近德令哈时，草原如何被荒漠接替，便是如此。

或许是路边花朵让人注意到这种改变。此前路边还开着半卧狗娃花，这些喜欢干旱和阳光的菊科植物，有着细长叶子和淡蓝色花瓣，有蓬大而金黄的花蕊。等到发觉路旁狗娃花被一种红色匍匐植物取代时，才发现远处草原，已被荒漠替换。这种悄无声息的变化，仿佛因为歉疚和惭愧，而不敢放声喧哗。可是，大地上发生如此鹰化为鸠的变化，居然无人察觉，一时又让人觉得无比怅然，这不该是大地惯常的做法。狗娃花倏忽遁去，草原植物被一些色泽不够明确的荒漠植物取代，仿佛瞬间换了一个星球。

这些荒漠植物为了减少水分蒸发，已将叶片变得窄小细长，有些叶片，甚至已经成为针形。无法越过高速路上的护栏，只能从远处去猜想它们，它们或许正是常见的那些荒漠植物：柴达木猪毛菜、驼绒藜、唐古特白刺、沙拐枣、梭梭……它们的色彩，也和大地一样，浅褐，或者枯黄。我猜测可能是时节的缘故，也有可能，是因为裸露的地面太多。

以为水从此便在这里消失，再不肯光顾，哪怕只是以雨的形式、以露的形式、以雪花的形式和冰的形式，以及，以蒸汽的形式，可是，在靠近远山的地方，湖水又突然出现。水为何总会和山一起出现，偶尔发问，答案即显，因为山无处不在。这块高原原本是水的高原，后来才又变成山的高原。乳白的，浅蓝和深蓝的水，一汪，或者一线，仿佛一声轻微的呼唤，穿越荒漠上的热气和耀白光线而来，让人扭转脖颈，暗自欣喜。待到凝神，它却又不管不顾，抽身地离去，仿佛与刚才无关。扒着车窗户，看那些现出又远离的水，依稀明白世间诸种出现，只为离去，存在只是一个微细过程，匆忙，而且慌乱。

很多时候，我会想起那些山，那些满是褶皱的山。起初见它，曾有视觉和概念上的强烈冲击。我惯常见到的山，已经有定势存在，它们如何出奇，似乎都逃不脱山的概念，然而在走向德令哈的路上，这些概念一一被摧毁。车子向前，路两边迅速闪过的，那些山体的色泽，无法一下看穿，只能凭眼力判断，是深黛、暗褐还是浅紫，似乎都是，又都不是。起先以为是暗褐，但是太阳光线一转，暗褐亮丽起来，成了浅紫，若说那就是浅紫了，沟壑部分的色彩却又黑起来，仿佛是深黛，又带点苍黑。如此迷乱，无法做出肯定，只得改变关注点。脱离色彩，眼前所显，全是褶皱。那么多的褶皱从山脊披离下来，密集，并且显得酣畅，仿佛干草搭在墙头，刚刚被雨水浇透，又仿佛，有大手，将那些山坡折叠起来，压出印痕，然后像一把扇子那样撒开，后来，我将那些褶皱想象成外星人脸上的皱纹。然而若说它们是山的皱纹，历经漫长岁月，渐渐形成，又不尽然。因为那些山峰，并不显得苍老，它们耸立在近处，仿佛有人正在将它们揪起，像揪起一堆带着褶皱的深色丝绒布。

那些山似乎与任何生命无关，尽管我看见那些褶皱中，隐藏一些深色植物，但那些植物或许已经干枯。那些山只与时间有关，那并不仅仅是过去的时间，还包括未到的时间。但是我们明白，时间不过是一种概念，它只与物质的变化有关。兜来转去，那些山，实际只与它自己有关。它如何出现，怎样运转，何种变化，无人看得清楚，便是前人后人轮流去看，也不过是众人摸象，只见局部。它的存在始终孤单。尽管如此，我还是会记下它们的名称，宗务隆山和牦牛山，它们依旧是祁连山这庞大山脉中段的南北两个分支。

我同时会想起那些骆驼。那不是羊群那样以群出现的骆驼，而只是几只。便是几只，也非随处可见。大荒原上，总是行走很久之后，才出现那么几只，在那些同样看不清色泽的小草之中。它们在那里，除去低头啃食那些荒漠植物，再无事可干，有时也会抬头一望，望向山野和荒原。那引颈一望的姿势，显出旷古忧伤。但在更多时候，它们显得闲淡放任，不关心任何事情。我从一旁望去，倒是种种担忧。夜晚归向何处，碰到袭击者如何逃脱，是否被人饲养，如果不用来载重和骑乘，它们的生理结构是否会改变……

我还会想起那一群黑色的大鸟。那只是偶尔见到的一群，一路之上，也只是见到一次。它们大约从荒漠起飞，飞到高处，忘却方向，只好来回往复。它们并不旋转，排除掉乌鸦的可能，它们扇动翅膀的样子，如同海鸥。它们的背景是那些带着褶皱的山脉，底色单一，从远处看去，它们如同一些飘缈无际的念头。

阳光不仅有斑斓色彩和多种形状，而且拥有气质。荒漠上的阳光，直率果敢，胆汁质那样，形状也是固定不变，大片摊开在地面上，单一到让人惋惜。进入德令哈市，阳光瞬间沉静起来，带些寂寥。其实，太阳还是那旧日的一轮,天空也未曾变更,若说事物有何鲜明的不同,也不尽然,但某种变化还是显而易见。

高速公路向右一拐，路旁有大棵白杨树栽植。这些挺拔树木神情严峻，似乎始终都在提高警惕，想来也是一种喜欢自律的树木，不懂嘻哈世间，不懂逍遥风尘。若说白杨果真如此寡淡乏味，又有例外。如果白杨长得足够高大，夏季叶片手掌一般撑开，一阵风过便是一片银光，树叶会在风中发出萧萧之声，那时如若静坐窗前帘后，很有江南夜雨唐宋边塞的萧瑟之意，有时，甚至会有“白杨何萧萧，松柏夹广路”的悲凉。与白杨一同挺立的，还有路灯。若在以前，路灯杆子通常低矮，间距较大，夜晚到来，灯光一缕昏黄幽暗，人在街头走过，很有聊斋的鬼魅味道，有时让人怀旧。但现在，这样的路灯再难见到。

德令哈的阳光，并非为这些蓦然出现的白杨树和路灯而改变，我从它们身旁经过，发觉阳光在那里依然显示着简单直率的一面。之外，便是那些大型建筑，是否是它们起着潜移默化的作用。我同样从它们身旁经过，那些以灰色和象牙白为主调的高大建筑，显然精心设计，在竭力体现个性风格的同时，注重端然大方和凝重庄严，这种强调，明显突出与四周环境的和谐与默契。矿业部门、会议中心、体育中心、学校、研究院、名曰“蓝天白云”的大酒店，以及各种宾馆和住宅楼，它们端坐在这块名曰德令哈的大地上，长时间沉默。因为是新建城市，有些建筑尚未有人进驻，大门紧闭，绿化带植物长势旺盛，一些野草，依墙披离。

后来，我终于明白，让阳光显得沉静和寂寥的，并非那些植物和硬性设施，并非阳光它自身，而是人。

坐在步行街前面的小广场上休息，正是傍晚时分，太阳已经西斜，白日太阳的烘烤早已消减。如果在其他地方，日暮前的时刻，步行街一定嘈杂，人们忙着采购，忙着回家做饭，买者卖者，都会高声大气，饭馆也会顾客盈门，车辆拥塞。但在此处，一派萧疏。我坐在沙枣树下的椅子上，看人们来去，然而在二十几分钟的时间内，只有寥寥数人路过此处。他们多是回家的中学生，穿着校服，塞着耳机，也有老人结伴，躬身而行，年轻的夫妻，专注于话题。他们似乎已经习惯于这种冷清，风过时，沙枣树发出大的声响，零星叶子旋转而下。

在体育中心，我看到人工布置的花坛上有“激情柴达木，魅力德令哈”几个大字，可能是某项活动刚刚结束。亦有临时搭建的大型帐篷，里面摆满书籍，原来正在开展

“读书月”活动。走进帐篷，兜转于各个书摊之间，试图淘得一两本，然而此处依旧如同其他书店那样，摆放的书只以学生的各种辅导资料为主，也有营养保健、烹饪和一些畅销书，文学书籍以青少年版世界名著为主。终于找到一本图文本《山海经》，上海古籍出版社出版，卷数不全，只有下册，算是诸多书籍中的另类，决定买下。

夜晚很快到来，这应该是德令哈无数清寂夜晚中普通的一夜。正是中秋，在如此空旷广漠的地域上赏月，该是难得的机会。然而云层一直密布在东部天空，丝毫没有退去的迹象。眼前的大街，只是清阔，街边树木在路灯晕染下，是庞大漆黑的一团，树影斑驳，风过时，影子在地面跳荡，仿佛一群来自春天的小兽。偶有骑自行车的年轻人当街而过，车轮带起的，是一缕无可名状的草木清香，片刻沉寂后，依稀有乐声自远处传来。

怀头他拉，这个名字念起来有种音韵学上的美感，抑扬顿挫。原是蒙古语，意思是西南的庄稼地。想必很久以前，此处也曾春耕夏耘，秋收冬藏。然而，那会是多久之前呢，在怀头他拉几幅岩画前，我发现已经无法用惯常的方式去理解时间。岩石之上，是一些拙朴的刻画和描摹，来自动植物，以及人类。腰线细长，正在疾驰如飞的狼或雪豹，犄角锐利，身型健壮的野牛和马鹿，温顺的羊正在低头啃食青草，三马架车，志在必得的猎手，飞矢划出精美弧线，相依相偎的阴阳鱼，骑马之人，神情专注的男子和女子，后来出现在佛陀胸部的“卐”字符，某种沐浴在阳光下的强劲植物，狩猎、放牧、追逐、休憩、舞蹈……千年前的种种存在，被观察，被记忆，并在坚硬的岩石上，由另一种石器仔细磨划。那些场景，构图精简，寥寥数笔，但是活泼，泛出神采。

岩石之前，时间自今而昔。想那定是天空明澈、阳光温煦的一些时日，高大山脉在远处连绵，山顶积雪发散幽微蓝光，风从山顶披拂而下，漫过原野，翻动草木，掀起阵阵凉意。大地苍茫寥廓，丰茂植物正在生长，草色之中，蓝色湖泊如同珠宝镶嵌。另有一些河流，正在缓慢流淌，静谧水面银光泠泠似有声响。一场狩猎在远处进行，静伏，呼喊，奔腾突围，健壮男子裸露肌肤，阳光已给他们镀上某种金属光泽，近处，女子、孩童和老人守着生活营地，炊烟熄灭，然后升起。母系时代早已过去，女人从某些繁重劳作中解脱出来，开始纺织烹饪。石纺轮，牛羊毛，植物纤维，烧制的粗陶器皿，采撷和种植一些果蔬，编穿珠贝，沿着河谷找寻彩色石子，这些细微生活，足够忙碌一整天。老人并不太老，仍旧躬身劳作，孩童赤足，嬉闹之中种种模仿学习……时间缓慢，如同从大麻上剥下纤维，每一件事情都认真对待，话语可以和笑声一起传到远处，夜晚到来，天空被篝火映红。

如此想象，如此关注这些穿越时间却依旧烂漫的画面，我似乎也是其中之一：没有过度文明熏染，没有无以名状的偏执和奢望，一些习气尚未形成，太多烦恼亦未生起，没有过去之心，也不在乎未来之时，注重当下刹那，明白错失便是永久。劳作、爱、安眠、死亡……时间到底是何事物，我伸出手，可以触摸亦被他们触摸的岩面，可以感受他们曾经的愉悦和惊奇，以及强大持久的想象力，但我们的心，为何早已如此不同。

何为逝去，再不相逢，何为永存，亘古常新，一念而东，一念而西，刹那变幻，总成万年。这样的迷局，早该破解，然而沉陷太深，任谁都逃脱不掉。考古资料说，这些岩画创作时间是北朝后期到唐朝时代，那正是任意随心，却又简单纯真的年代。

可鲁克湖畔，我同样被时间迷幻：我所面对的湖水，并非千年之后，而是千年之前。当是千年之前的中秋节气，秋气并未凛冽，但是秋风早已瑟瑟，云在天空，已经散成絮状。雪也已经降临，罩着远处山头，仿佛杨絮层层堆积。湖畔芦苇已经黄去。这些芦苇，曾经青葱年少，曾经芦花似雪，现在，它们成为另一种色泽，仿佛换了一套思想体系，与昔日旧有彻底决裂。巴音河自东南而来，缓缓注入湖中，仿佛一条游鱼，湖水又从西南流出，进入另一湖泊（托素湖）。风偶尔凄紧，但是湖水依旧平静，依旧清明，天光云影，倒影其中，另一层芦苇，正在向湖底生长。我似乎一直坐在湖畔，风不曾吹乱黑发，湖水也不曾打湿双脚。曾经有人捏着木叉来湖中捕鱼，他们赤脚，俯身湖面，静无声息。也曾有其他女人，来到湖畔，用陶罐汲水。她们结伴而来，似乎并不急着汲水回去，她们将陶罐放置一边，临水梳妆。也有孩子，跑来嬉戏，蓄养的牛羊，曾来湖畔饮水，黑颈鹤和斑头雁曾在天空低翔。只是这一时，他们都已归去。鸟归巢穴，牛羊回到草场，孩子或许已经熟睡……湖畔静谧，再无其他声息。

李　皓

大地的美意

李皓，20世纪70年代生人。祖籍中原，生于青海。无师承学历。自幼爱好写作，25岁始以文字安身立命，虽废稿无数，但终有数十万文字流传于世。现为《西海都市报》专刊部副主任，青海省作家协会会员。作品散见于《华夏人文地理》《青海日报》《北京晚报》等多家报刊，并被近百部选集收录。出版《贵德的历史》《新闻中的海西》等书籍。40岁起，痴迷纪录片，先后有《青海望长城》、可可西里国家级自然保护区申遗宣传片、《中华水塔》《城市脉动》等纪录片问世。

大地的美意

1

A 君，七月的午后，我站在达坂山顶，享受着一场视觉的盛宴。

山下是一片狭长的谷地。此刻，谷地里正在上演一场被作家单之蔷称为“油菜花的集体操”的震撼花事。这是一次大地的行为艺术。土地都被金黄覆盖，空气中弥漫着浓郁的油菜花的芳香。

A 君，那花香太浓重了，这使得山谷里的空气似乎都有了沉甸甸地金属般的质地。

天，蓝到了极致，冷龙岭的雪冠在蓝天下熠熠生辉。大面积的黄，干净得仿佛用水淘洗过的蓝，以及山脚下朦胧的绿，还有山顶上闪烁着宝石般光彩的白，就这样在天地间肆无忌惮地叠加铺陈。这条寂寞的山谷，霎时变成了流光溢彩的世界，我曾在一篇散文中写道，这里是“凡·高手中的调色板”。

可是那么多艳丽的色彩，却丝毫没有给我带来快乐。站在达坂山顶，俯瞰着山谷中的一切，我突然有一种莫名的伤感。A君，我有没有告诉过你，山脚下的山谷，就是我魂牵梦萦的故乡？

你一定会诧异，我的故乡不是在千里之外的扬子江畔吗？我户口本上籍贯那一栏，不是清晰地写着一个遥远的江南小城的名字吗？其实，那个地名只是关于我血缘的标识，真正让我以故乡的名义牵念的，还是这片达坂南麓，冷龙岭以西的狭长谷地，这里是我的胞衣之地。

我是一个无乡可愁的游子，这是我的悲哀。

我的祖父是这片土地的第一代拓荒者，时代的车轮将他的命运抛掷在了这里，从扬子江头到祁连山腹地，改变的不仅仅是他生命的轨迹，还有我们。我是这片土地的闯入者，一个带着陌生气质的异乡人。

A君，你知不知道，这片笼罩大地的被无数人称奇艳羡的花海，其实就是我父兄的杰作啊。

那是一次被写进共和国历史中的开发浪潮，拓荒者的汗水让这片曾经奔驰过匈奴战马，鼓荡过吐谷浑号角的土地，改头换面，变成了今天的模样。

这里的花海真大啊，很多人这样感叹，可是我知道比起辽阔的草原来说，这片花也仅仅只是一隅，不信你走出谷地看一看。往东，你会看见大片大片至今仍保持着原始活力的山谷和森林；往西，则是无垠的草原，波浪般起伏的草山在你目光的尽头勾勒出了圆融的线条。草原和森林记录了大地最初的模样，它们也是山谷中历史风云的见证者，它们书写了一段有关游牧文明的传奇。

与那些草原和马蹄相比，农耕文明对这片土地的介入，绝对是稍晚的事，像我父辈这样，大面积地在山谷中种植油菜，则到了现代。从草原到花海，从游牧到农耕，这是这条山谷的编年史。

2

A 君，我不知道你怎么理解故乡的意义，在我心里，它有着一种钻石般洁净的神采，它是注定我们要用一生去珍惜，去怀念的地方。

天光好的时候，站在达坂山顶，也就是此刻我伫立的位置，就可以看见我出生的那个村庄。今天，对面的山脚下云霾涌动，我们只能看见一片若隐若现的屋顶。

其实，我将那片如今看来已十分破旧的屋宇称之为村庄是不恰当的，这是一个劳改农场下属的大队的旧地，它有一个生硬冷漠的编号——7。7 队。

乍听到“劳改农场”几个字，你一定会有些不习惯，你一定会将对面山下那片名叫 7 队的地方，与高墙电网联系在一起，可是事情并不是这样，至少在我出生时不是。那时候，当年的囚犯已经有了一个新的身份——就业职工，相对于囚犯来说，他们至少是自由的。多年之后，我在读作家韩松落的散文时发现，他的身世与我有着惊人的相似，只不过他父辈工作过的劳改农场，是在新疆，一片比这条山谷更遥远的大漠深处。

如今看来，那些囚犯们当年“犯的罪”简直不值一提，比如偷了邻居家的一只鸡，比如砍了村口的一棵树，还有……仅仅说错了一句话。在那个年代里，有太多的逻辑，超越了生活的常识。

我的老师就是当年的“右派”，他身处囹圄依旧不曾改变的儒雅风度，是我终身模仿的对象。有一次，我与作家井石闲聊，他告诉我台湾诗人亚弦的父亲，就是在这个山谷中走完了生命的旅程，他曾是民国时期的一个县长。

我家的房子是 7 队一排旧平房把头的两间，这排平房的设计有着统一的格式，就像那个时代人们的思维。

进门后是厨房，厨房的后半间是我和妹妹的卧室，右手一间是客厅兼我父母的卧室。记忆中，因为没有窗户，我和妹妹的卧室终日开着灯。

厨房和卧室之间用三合板草草地隔着，薄薄的三合板权当墙壁。这样的“墙壁”既不隔音，也不保暖，有时候中午做完饭，直到晚上，卧室里还能依稀闻到饭菜的香味。

厨房的烟道直通与客厅相连的墙壁。墙壁是空的，内部有着复杂的设计，这样的设计能最大程度地利用煤火的热能。墙的红砖，终日都是热乎乎的，我们将它称为火墙，每年冬天，它就是我们唯一的取暖设备。

A 君，你能想象我们当年生活的艰窘吗？我家厨房水缸的旁边，有一口很深的菜窖，一到冬天，菜窖里都会装满洋芋和萝卜，那是我们一家人赖以过冬的菜肴，即便是这样普通的蔬菜，也需要外运。记忆中，因为海拔过高，我家门口的菜园中，几乎从未长出过像样的菜苗。

你是说那些庄稼吗？那是一些更顽强，更卑微的生命。

7 队在祁连山脚下，那里原本是一片开阔的牧场，第一代拓荒者来到这里时，将那片牧场开垦成了田地。他们希冀着这片被开垦的处女地会诞生奇迹，会回报他们艰苦的付出和殷切的期盼，可是没有，这片田地实在是过于贫瘠，根本养不活任何庄稼，歉收成了这片土地的厄运。

忧伤总会在每年秋后，涌满大人们的眼眸，可这并不能阻止孩子们对世界的好奇，每年夏天，漫山遍野的油菜花啊，总会带给他们太多的快乐，总会在他们单调的生活中，涂抹下大片大片的希望。

美好的东西总是脆弱的，这几乎就是人世间的定律。A 君，我不知道你见过的冰雹有多大，我见过的足有鸡蛋那么大。那么大的冰雹，你能想象到吗？

夏日晴朗的天空突然黑云涌动，开始时只是丝丝缕缕，后来越积越厚，奔腾的黑云恰似一群在天空中呼啸云集的战马，顷刻间，那群黑马便会化身为棉被，严严实实地捂在了头顶。有经验的人看到这一幕便会惊叫着寻找躲藏的地方，没法躲藏的只有庄稼，它们是雹灾最大的受害者。仅仅十分钟后，刚刚长大成型的菜荚便被悉数打落，大田里一片狼藉。比庄稼更狼藉的，还有蜜蜂的尸骸，它们密密麻麻地暴毙在养蜂人的帐篷前，场面惊心动魄。

人们脸上的忧伤让人不忍观望。

有一次，我目睹了院子里一只躲闪不及的母鸡，被冰雹打得当场毙命的惨相。那只母鸡虽然死了，可两条腿还在空中怪异地抽搐着。它是当着隔着玻璃窗焦急端望的主人的面死去的。冰雹过后，它的主人疯了般地冲了出去，他抱着那只母鸡冰冷的尸体号啕大哭，那是成年人苍凉的哭声，那哭声直到现在还回荡在我耳畔。

后来我才知道，7 队正处在一个冰雹带上，那里原本就不适合种植庄稼，可是在那个特殊的年代，科学的判断只能让位。

为了对抗冰雹，有一年队里买来了一门大炮，人们相信，只要将淤积在头顶上的黑云打散，冰雹就会落在别的地方。于是，在我小时候，每次下冰雹时，雹雨总会伴随着轰隆隆的炮弹声，可是往往，这样的举措并不奏效，轰隆隆的炮声，最终还是成了庄稼的丧钟。

3

A 君，你不要以为在我童年的记忆里，只有这些令人不愉快的事，其实，那时还有很多值得人留恋的地方，还有很多值得人怀想的事情。

比如我们的小学校。

那是7队边缘地带的一个由几排土坯房围成的院落。如今想来，那些土坯房修建的真是简陋啊。春天是祁连山的风季，坐在教室里读书，顺着窗缝吹进来的沙土，直往我们的嘴里钻，学校的院子却很大，从这头走到那头，需要好几分钟。夏天，大而无当的操场上杂草丛生，那种充满了野趣的草坪，要比现在城里修剪整齐的草坪耐看许多。

毛茸茸的，矮小的青草平铺在大地，远远望去，就像是一块质地精良的地毯。草丛中盛开着各种各样的野花，春夏之交，黄色的蒲公英和紫色的龙胆花是草坪上花的主角，偶然，在那块草坪上，你还会看到一种颜色介于红和粉之间的野花，花形细碎，可是花香馥郁，远远闻去，就像是一瓶打翻了的香水。我至今不知道那种花的名字，童年的我们将它叫作“香香蜜”，那是一个只有7队的孩子才能听懂的暗语，那是一段只有7队的孩子才有的记忆。

操场中间还有一个废弃多年的防空洞，那是备战年代的遗物，如今成了我们的游乐场。

防空洞锈迹斑斑的大门上悬着一把同样锈迹斑斑的大锁，可是几乎每个孩子都能用一根特制的铁丝捅开它，这又是一个流传在孩子中的心照不宣的秘密。

防空洞深而阴冷，我们总是乐此不疲地手持用棉纱和废柴油制成的火把去洞中探险。有什么险可探的呢？我们也说不清楚，或许那时的我们只是为了享受防空洞漆黑潮湿的气氛，生活委实太单调了。

操场边还有一排树，那是比我父亲更早的拓荒者种下的防沙林。

树种是河谷滩涂上常见的沙柳和黑刺，我记事时，那些树已长出了峥嵘的模样。郁郁葱葱，蔚然成林。如同手臂般粗壮的枝丫，足可撑起一个孩子的体重，那里是我们最喜欢玩捉迷藏的地方。

树林中有一条灌溉渠，渠不深，可是在孩子们的眼中，却是一条汤汤大河。河水中总有水草荡漾，那是一种宽叶的柔韧的水草，我第一次读徐志摩的那首诗，脑海中总是萦绕着它们“油油的”身影。

4

A 君，你还记得那年我们在西宁街头吃的那碗黄蘑菇面片吗？你为那美味的山珍倾倒，我心里暗想，也许那些黄蘑菇，就来自 7 队后面的山上，采蘑菇可是我童年时夏天最爱做的事。

通常是天不亮就出发了。蘑菇喜湿，采蘑菇的头一天，最好能大大地下上一场雨，那样第二天早晨采来的蘑菇才最鲜嫩。

祁连山中雨后的早晨凉意很重，我穿着雨靴跟在父亲身后扑哧、扑哧地走。雨靴很大，总也不跟脚，每迈一步都很吃力，那是一个物资匮乏的年代，我所有的东西似乎都大一号，书包、鞋和衣服，每一件都能用好几年。

我看不清父亲的脸，熹微的晨光中他的背影摇摇晃晃。我紧张的心怦怦直跳，因为我们只有穿过一片坟地才能找到上山的路。那片坟地气氛诡异，是我们游戏的禁地。可是采蘑菇的诱惑实在是太大了，哪个孩子能抵抗得了？

岑寂统治着大地，那些荒草萋萋的坟包在晨光中影影绰绰，我紧跟着父亲，脸庞因为紧张而有些发烫。脚步踉跄，我能听到自己粗重的喘息声。

过了坟地，草原的气息便扑面而来，那是一种掺杂着泥土和雨露芳香的草叶的气息，那是我童年闻过的最好的味道。

草原上的一切都充满了魔幻色彩，几分钟前东边的天际才刚刚露出一丝红，眨眼的工夫，天空便一下蓝了，空气干净得看不到一丝尘埃，阳光抚摸着草原，每一片草叶的叶尖都高挑着一滴水珠，草原成为银色的海洋。

草原尽头就是冷龙岭。这是一座高拔的雪山，草原上尊贵的王者。

那时的我并不知道，冷龙岭下老虎沟中的那条羊肠小道直通河西走廊，这里曾是古人运兵的古道。

有关老虎沟的得名有两个传说，一个是许多年前，这里真的有老虎出没，另一个是老虎沟的沟口矗立着一块巨大的岩石，岩石形似卧虎，老虎沟因此得名。

有一年我随父亲进沟打猎，昔日的古道已被荒草淹没，几乎看不到半点人类活动的痕迹。沟内景色却极美，金露梅覆盖了每一面山坡，密集的灌木丛是藏狐、野兔和山雉的家园，世界太初般地安详。若干年后，我在屠格涅夫的《猎人笔记》看到了类似的场景，心里不禁一阵纳罕——这不就是我童年去过的老虎沟吗?

在沟口，我没有见到传说中那块长得像老虎的石头，却看到了一座古城的遗址，古城由稍稍加工的乱石砌成，古城大部分墙体都已坍塌了，只有在长满青苔的墙根处，还能隐约看到人工修筑的痕迹，那座古城是吐蕃时代的遗址，距今已逾千年。

像这样的古城在那条河谷中还有很多，有的甚至年代比它还久远。

这条山谷往东，穿过仙米林区，直通人烟稠密的青海东部农业区；往西，翻过扁都口，就是河西走廊，于是这条山谷历来就是商贾往来，旅人不断的繁华之地。

我曾做过这样的统计，从汉代到清代，通过这条山谷，从中原走到西域的历史名人，竟有数十位之多，他们的身份有商贾、使节、僧侣、战俘；他们是法显、是张骞、是霍去病、是年羹尧、是林则徐。他们铿锵的步履和豪迈的风姿，谱写了这条山谷昔日的繁华。

可是我知道，真正的繁华属于像我的祖辈和父辈这样，默默坚守和无私奉献的普通人，如若不然，在这条山谷里，怎么会有那么多荡气回肠的故事世代流传？

20 世纪 30 年代，范长江曾在这条山谷中考察，后来他在书中记录了淘金人的生活，记录那个时代底层人的命运，我想这才是这条山谷最吸引人的部分，他们的故事因为有着与我接近的血肉的温度，时时让我牵念。

5

太阳升到冷龙岭的山顶时，我们已经爬上了那面草坡，这样的高度让我眼中的世界变得更为开阔，对面的达坂山尽收眼底。

无论别人以为怎样，我近乎执拗地认为，那是我所见过的，最美丽的雪山。

它的气质是那样沉静，沉静得就像是一个出离红尘的赤子。每一座山峰都有不同的姿态，有的凌厉如刀戟，有的端庄似老僧，真的变幻万千。我尤其喜欢冬天雪后的达坂山。冬天的雪是一支神奇的笔，蓝天之下，它那么细致地勾勒出了达坂山的每一个细节，每一道轮廓。

积雪在山坳中堆积，那山坳就变成了国画中的留白；积雪挥洒在山脊上，那山脊便顿时有了刀锋般的冷冽。每一场雪后，达坂山的阳山腰际，总会有白云氤氲，总会有雾霾浮荡，那久久不肯散去的云雾，在我看来，就像是达坂山白色的战袍，愈发衬托出了这座巍巍大峦的高大威仪。

即便是夏天，达坂山也会呈现出一种令人惊叹的美。

比起冬天厚重的白雪，此刻达坂山的雪顶，多了几分妩媚，我想，它是在提醒你山川的圣洁，也是在暗示你作为一方霸主的山神不容小觑的尊严。

山脚下是一小片连着一小片的农田。在我小时候，这些农田还没有被油菜花染黄，当地的农人们大多种植的是青稞，这是一种粗粝的粮食，它们是那个时代山谷中的人们赖以果腹的口粮。

再往下，就是浩门河了。

6

A君，我有必要给你说一说这条河。

这是一条伟大的河流，它发源于离山谷不远的高山草甸。我曾沿着这条河一路东行，从源头一直走到它注入湟水的河口。浩门河是湟水最大的支流，注入湟水后不久，它便流入黄河，成为黄河上游地带最有力的补给水源之一。

那是一片介于祁连和刚察之间的高原山地。起初浩门河的河水流量并不大。草甸上，碎石间，许许多多筷子般粗细的流水聚而成溪，后来，这道只能勉强称得上是小河沟的水流一路东去，沿途招兵买马，水流渐渐丰满起来，水势渐渐浩大起来，小河沟最终有了河的模样。

浩门河穿山越峡一路东行的过程中，地势也越来越低，沿途的景观更是变化万千。

草甸退却，草场扶摇于河流两岸。那是我见过的长势最好的草场，茂密的牧草真的可以盖过牦牛的膝盖，真的是一派“风吹草低见牛羊”的壮观景象。

浩门河到阴山附近，河流两岸茂密的灌木渐渐稠密起来，密集的灌木丛是野生动物和高原鸟类的乐园。

A君，我曾在这里见过一只红色的沙狐和一对白色的天鹅。那是一个寂静的午后，我在河边的岩石上闲坐，那只沙狐意外地出现在了我面前。我猜想那是一只未成年的沙狐幼崽，它的体型娇小玲珑，它的毛色闪着金光，它与我默默地对视，眼睛清纯得就像是一个不谙世事的孩童。那只天鹅在它的不远处漫步，悠哉悠哉。那一刻，我感到它们才是这片土地上真正的主人，而我则是多余的。

到了青石嘴，浩门河的水势渐趋平缓，河流两侧的滩涂上，开始有人类活动的迹象。

不大的农田，散落在河谷中，不时有牛羊在田地边觅食或者闲逛。沼泽密布。夏天，沼泽中的草墩上盛开着细密的黄色的花朵。那种花几乎没有香味，可花影婀娜，像极了西方神话中短裙的仙女。

黄昏时分，沼泽边总会出现一群群密集的红色蜻蜓，这种场景在高原似乎很少见。成群的蜻蜓熙熙攘攘，总喜欢低空飞翔，说不清它们是在汲水，还是在贪恋草地上的花香。

走不多远，便是当地人的村庄。

浩门河两岸均是高耸的悬崖，那些村庄大多建在崖顶，坍塌的崖壁形成了 45 度的斜坡，斜坡直插崖底。斜坡上的那条小道歪歪扭扭，直通悬崖边的一眼清泉，时常会有少女摇曳着身子，顺着小道娉婷而来，到泉边担水，引得放牛的后生，躁动地，唱一曲野性十足的“花儿”。

泉水与不远处山头上古老的烽火台遥遥对峙，一个诉说着历史的沧桑，一个彰显着生活的火热。

浩门河水泛滥时冲刷出的石头滩中，奇迹般地保留着一小块的泥地，这些或许比一张桌子大不了多少的泥地，生长着稀稀拉拉的沙棘树。这原本是一种灌木，在人迹罕至之处，却硬生生地长出了一种乔木的模样。它们枝干遒劲，造型奇崛，可堪入画。

浩门河流过门源县城不久，水势便湍急起来，两岸的山势也越发高峻。

珠固，浩门河谷原始生态环境保持最好的林区。大河对岸是狰狞峭拔的山峰，山峰最顶处生长着密密匝匝的云杉。山岩壁立。几乎垂直于地面的石壁上长满了斑驳的苔痕，层层叠叠的苔痕，经过岁月的洗礼后变得斑驳沧桑，活似一幅印象派的画作。

石壁之下，树林再次出现。这是一种以云杉为主的混叶林。秋天的笔触，将大片的林地涂抹上斑斓的色彩，绿的深沉，黄的娇艳，红的热烈，这是松柏、是桦木、是柠条，它们感应着季节变换，生命书写了如此瑰丽的杰作。

大河此岸，地势稍稍平缓，林莽也更为浩瀚。

依旧是云杉，莽莽苍苍。放眼望去，整座山岗被层层包裹，森林绿中泛蓝，蓝中带黑，有着一种超现实主义的意蕴。

森林边缘，偶有人家。原木筑房，结草为栏，考究的还在门口养几头牛羊，好一派田园风光。

珠固寺就坐落在林莽深处。

站在山脚抬头望去，只见茂林深处，斜出一角殿堂，檐角梵铃叮当，微风过处，送来一片清冷。

松柏高耸，林莽如屏，终究怎样，站在山脚，你也难窥古寺全貌，只有上山的那条小路，直通山门，纤细蜿蜒，仿佛随时都会被山风吹断，仿佛在向你暗示生命的真谛。

此刻，浩门河的河水也仿佛被眼前的一幕折服，它收敛起桀骜不驯的气势，变得平缓开阔，绸缎般宁静的水面上，有时还会呈现出翡翠般的绿意。偶有水鸟在河边嬉戏，偶有野兔在河边精灵般的出没，大自然在一派清幽和谐中，化育万物，造福世界。

冲出大山的束缚，走出森林的困扰，一泻千里的浩门河在民和三川与湟水相遇，两条巨流合鸣成了动人的交响，在黄河上游，谱写出了属于自己的传奇。此刻，我站在冷龙岭下，默默地端详着这条著名的河流，心里除了感佩，还能有什么?

7

少顷，温热的阳光蒸发了草叶上隔夜的雨珠，草原上又恢复了往日的生机。所有的野花都舒展开了花瓣，有云雀起落，有清风徐来，有诗情萦怀。

最快乐的时光开始了。

草原上的蘑菇均有怪癖，它们总是聚而成堆，并多呈圈状分布，只要找到它们中的一个，你便会有始料不及的收获。

这些蘑菇圈大多都有固定的生长地，年复一年，从不改变，7 队的孩子，每个人心里都有一张隐秘的地图，这张地图上详细地标明了每一个蘑菇圈的大小和产量。即便是没有这样的地图，你也绝不会空手而归，宽厚的草原不会辜负每一个善意的来者。

这是一种堪称享受的劳作，大山背阴处，你一路小跑地来到一块草色深沉的凹地，然后蹲下身去，扒开草丛，细细寻找，那姿势谦卑得就像是在完成一次对大地的膜拜。

A 君，我相信一个人只有在全身心投入到大自然的时候，内心深处才会充满了对世间万物的慈爱。

有时候，你也会被草原上的假象所欺骗。

远远地，你看到一个白点，便直奔而去，到了跟前才发现，那是一种与蘑菇长相十分相近的菌类，草原上的牧民管那种球状的菌菇叫“马尿泡”。这是一个丑陋的名字。很长一段时间，我都以为，能长出这种菌的地方，都曾经是马撒过尿的地方，这显然是一种误解，因为草原上，马尿泡的产量要比蘑菇大许多，哪里会有那么多的马，在草原上随地撒尿？

你可不要轻视这种菌类，它可有止血的功效。将一大朵马尿泡摘回家，阴干了，用小刀刮出肉囊中的褐色粉末，封存在洗干净的玻璃瓶中，真能在需要救急时派上用场。

草原上的蘑菇肉质肥厚，晒干后与小鸡同烹，是难得的美味。母亲回忆说，儿时的我曾采过有一个盘子大小的蘑菇，而我却对此毫无印象，只是这几年，山里的人也沾染了世俗，他们将采下晒干的蘑菇，拿到西宁贩卖，售价昂贵得超出了我的想象，可是每一次，我都无法吃到童年时的味道，想是一个人的味蕾记忆，绝不仅仅只与食材有关。

8

A君，也许你不会相信，在我长到十七八岁的年纪，也曾干过农活，这浩大的花海，原本就是山谷中的人，用汗水浇灌出来的。

这真是一种磨人的活计。

五月，油菜苗钻出了土层，又到了锄草的季节。

我的父母是插队的“知青”，每年都有两百亩锄草的任务。两百亩地是个不小的数字，平铺在眼前，呼啦啦地一大片，望也望不到边。

我知道，直到现在山谷中的人们，也没有实现锄草的机械化，人是土地的主人，人也是土地的奴隶。

太阳总是火辣辣地照着，父亲和他的同事们知道，这样的太阳如果再照几天，地里的油菜苗就会和田垄间的杂草一起疯了般地往上蹿。杂草的生命力显然要比油菜顽强许多，它不仅和油菜争夺养分，而且还会迅速地蔓延到别的地块，成为一种公害。

即便是没有杂草，没有经过松土和分苗的油菜，也会长得弱不禁风，不会有太好的收成，山谷里成千上万亩的土地，都是靠人工在不到一个月的时间里，细细翻整过的。这样的劳作，每年都会重复，只不过人们早已习惯了花海的烂漫，他们看不到也想象不出农场人的艰辛。

地垄很长，仿佛永远也走不到头，我将锄头用力地甩出去，然后狠狠地将锄片压进板结的泥土，继而用尽全力往回拉。我能听见草根在锄下断裂的声音，我甚至能闻到草根断裂时的清香，只是我不敢抬头，地垄实在是太长了，长得就像是垂吊在我胸口的那缕悠长的呼吸，仿佛随时都会断绝，仿佛永无止境。

不到一小时，我就累得腰酸背疼，继而全身失去了知觉。麻木。就连思维也在刹那间停顿了下来。我抬头看母亲的身影，她已把我甩出了很远。明明是刚喝过水，可是舌头已经干燥得不能翕动。我不敢去喝水，水壶放在刚休息的地方，我觉得只要自己一停下机械的动作，就会立刻瘫倒再也爬不起来。

汗水顺着草帽的内沿流进眼里，蜇得眼睛生疼，我抬头再去看母亲时，她的身影已经成为一个黑色的点。

这让我感觉耻辱，在心里自己鼓劲，可是我的动作明显地慢了下来，到了后来，只剩下下意识地运动，一下一下，周而复始，我的意识也变得模糊起来，汗水干结在我衬衫的后背……

最倒霉的是遇见冰雹，在空旷的没有任何遮挡物的大田里，我和母亲簇拥在一张薄薄的塑料布下，母亲尽力地将那块不大的塑料布遮在我的头顶，冰雹砸在她的背上，母亲在雹雨中瑟瑟发抖，这就是我的母亲啊！

A 君，此刻我遥望着山脚下的花海，那么不合时宜地想起了当年的这一幕，想起了地垄上母亲渐行渐远的身影。我身边的游人，不时地为眼前的景色发出惊呼，我不知道该不该告诉他们，这金色的花海中掩藏着的一切？

9

或许正是因为这个缘故，离开这条山谷时，我曾暗自发誓这辈子再也不回来，这或许也是母亲的意愿。

那时候，达坂山的隧道还没有开通，从河谷到西宁，坐班车往往要走五六个小时。那是一次令人疲惫不堪的旅行，可是每一次快到西宁时，母亲都会从昏昏欲睡的状态中猛然惊醒，她睁大眼睛，好奇地望着车窗外的一切，并且还不停地指指点点，让我看这，让我看那，我知道母亲是在羡慕那些生活在城市里的人。

每一次班车进城时，班车都会经过毛胜寺。这里曾经是西宁市工厂最密集的地带，路边一栋三层红砖小楼顶楼靠西的一间，就是母亲昔日的同事家。几年前，母亲的那个同事，从那条山谷调到了毛胜寺附近的一家工厂，并在这座城市里拥有了这间小小的住房。每一次路过那栋小楼时，母亲都会轻轻地叹息，我知道那声叹息中的含义，是羡慕也是期盼。

A 君，你是知道的，后来我在西宁安了家，买的房子真的离毛胜寺不远，这就是冥冥注定的缘分吗？

今年夏天，我陪朋友去祁连看森林，那条山谷是我们的必经之路。我们自己开车，方便得很，朋友提议说，不如到我童年时生活过的地方看一看。

其实我的内心是不情愿的，说不清是为什么，世间的一切，总是处在不停地变化中，真到了那个叫 7 队的地方，我会不会因为找不到与记忆的相对应的事物而黯然神伤。

母亲也是这样。

退休后，母亲和我住一起，有好几次我提议带她回农场看一看，母亲总能找出一大堆拒绝的理由。我知道母亲的顾虑，近乡情怯，并非年轻人的专利。

拗不过友人的好意，我开车朝记忆中的方向驶去，可是我竟然迷路了，在我生活了二十多年的土地上，我找不到昔日的家。

一路打问，可是大多人都是一脸茫然，原来在多年前7队就已撤离了，因为它每年都要来的冰雹，也因为它的偏远。

终究我还是找到了昔日住过的那排平房和那个无数次在梦中回来过的校园。

住过的房子还在，可是已经破败得不成样子。因为多年没有人居住，屋里的菜窖灌满了垃圾。火墙已经坍塌，黑洞洞的烟道诉说着多年前一户平头老百姓充满烟火气的快乐。

在卧室的一角，我找到了一张被糨糊贴在墙上的纸片，纸片上歪歪扭扭地写着“打倒 ×××”的字样，那是我童年时用稚嫩的笔迹，写下的母亲的名字。

我记得那年我没有考好，挨了打，就用这样的方式泄愤，母亲倒是没有生气，她将我写在作业本上的这句话，贴在了墙上，让我每天都看一遍，反省一遍。

我想把这张纸撕下来，可是母亲贴得很结实，怎么撕也撕不下来，泪水就在这一刻涌出了眼眶。

A 君，我知道过往的一切都不会再回来，曾经的时光老了，就和今天的我一样。

我将老屋的一切拍进手机，回西宁后，拿给母亲看，那扭曲的墙壁，坍塌的屋顶，还有那张写着母亲名字的纸片。母亲看着看着眼睛也止不住地湿润起来……

A 君，此刻，我就这样站在罡风猎猎的山顶，看着我曾经熟悉，而今却早已陌生的一切，内心升腾起太多的感慨。扑鼻的花香迎面而来，我知道这是大地的杰作，也是大地的美意，灵魂如风，我的灵魂就这样在这片土地上无声地拂过，黯然神伤。